벚꽃

벚꽃

송원섭 단편소설

나도 저 뭉게구름 날개옷 입고
선녀처럼 다시 하늘로
날아오를 거야!

좋은땅

차 례

시카고의 파란 슬리퍼

비행기는 출력을 잔뜩 높인 채, 물 위를 날아가고 있었다.

이윽고 발아래 쪽에서 육중한 기계가 작동하는 느낌이 나더니 랜딩기어가 내려오고 기체가 약간 흔들렸다. 비행기는 시카고 상공으로 천천히 접어들었다. 창밖으로는 바다같이 크고 검푸른 호수가 보이고 호수와 맞닿은 육지에는 성냥갑을 이어 놓은 듯한 고층 건물들이 줄줄이 늘어서 있었다.

시내 상공을 날아가던 비행기는 천천히 고도를 낮추며 공항으로 접근했다. 커다란 격납고 앞으로 여러 개의 활주로가 창밖으로 보였다. 상공에서는 그냥 무의미한 덩어리처럼 보이던 건물들 안팎으로 바삐 움직이는 사람들의 모습이 점점 더 뚜렷이 보이기 시작했다.

태평양을 넘어 미 대륙을 거의 삼분의 이 이상 날아온 이곳에도 여전히 사람들이 살고 있다는 것이 새삼스레 느껴졌다. 팔, 다리, 머리, 가슴 등 나와 똑같은 형체를 한 그들이 뚜렷하게 시야에 들어왔다.

출발 전, 검색해 본 웹 페이지에서 시카고는 미국의 3대 대도시이면서 시카고 대학을 중심으로 건축 분야 기술이 잘 발달한 곳임을 알수 있었다. 그리고 에너지 관련 국립연구소인 아르곤국립연구소와 관련 회사들이 줄줄이 자리 잡은 곳이기도 하였는데, 이것들은 원자력이나 화석 그리고 각종 대체 에너지같이 다양한 분야에 포진해 있었다.

또 평소 운동을 즐기는 나에게 시카고는 시카고 불스 또는 시카고 컵스라는 스포츠팀의 연고지라는 것이 특별했고 최근엔 '알 카포네'라는 왕년의 거물 마피아의 주 활동 무대가 바로 이곳 시카고였음을 우연히 알게 되었다.

넷플릭스에서 내가 좋아하는 배우 톰 하디가 나오는 거라서 챙겨본 〈폰조〉라는 영화에서 난생처음으로 알 카포네라는 인물을 알게 되었다. 20세기 초반 시카고를 중심으로 활동했던 이탈리아 출신의 전설적인 갱으로 잔혹하게 사람을 죽이는 것으로 알려져 있었다.

뉴욕이나 시카고 같은 대도시면 대부분 그러하듯, 치안에 대한 불안감과 함께 알 카포네라는 잔인한 갱이 주는 이미지가 겹쳐 영화 속 배경이 된 시카고의 뒷골목과 그의 험상궂은 얼굴이 며칠 동안 뇌리에서 아롱거렸다. 물론 최근 미국 내에서 수시로 벌어지는 총기 난사사건도 나의 이러한 불안심리 조성에 한몫했다.

입국 절차를 마친 후, 우리는 공항에서 시내로 들어가는 셔틀을 타고 호텔로 이동했다. 공항에서 호텔로 가는 길가에는 각종 플래카드를 들고 시위 중인 사람들의 행렬이 여기저기 보였다. 그들은 무더운 날씨에도 불구하고 땀을 뻘뻘 흘리며 구호를 외치고 있었다. 정부나 시 당국의 일방적이고 차별적인 여러 가지 정책에 대한 항의 시위였다.

이번 회사 출장 팀은 업무 성격상 기계, 전기, 건축토목 등 회사 내 여러 기술 부서 인력으로 구성되었다. 입사한 지는 몇 년이 되었으나 이번 출장 팀에서는 막내인지라 팀 내 여러 가지 잡일을 맡아 하던 나는 출장 때 묵을 호텔을 예약하거나 이동 차편을 미리 알아보고 적당한 식당을 조사하는 등 주로 팀의 의식주와 관련된 것을 챙겼다.

하지만 회의실 예약, 세팅부터 심지어 음료 준비 같은 사소한 일까지 넘어온 다음부터는 자존심에 살짝 금이 가기 시작했다.

비록 초급이지만 그래도 전문 엔지니어인데 이런 허드렛일까지 내가 해야 한다니.

이번 기회에 기필코 나의 능력을 선배들한테 보여 주어야겠다는 다짐을 내심 해 오던 터였다.

어쨌든 호텔은 인터넷으로 사전 예약하고 확인 메일까지 이미 보낸 터라 지금은 간단히 체크인만 하면 되었다. 출국 전, 호텔 체크인할 때 사용하는 영어 문장 몇 개를 최대한 원주민의 발음에 가깝게 하려 애를 쓰며 외워 두긴 했으나 공항에서 출발한 버스가 점점 더 시내 깊숙이 진입하자 슬금슬금 걱정이 몰려왔다.

영어 능력 자격시험은 일정 수준 이상이었지만 문제는 나의 발음이었다. 대학 시절 친구들과 갔던 해외여행 때도 내 영어 발음에 유난히 로컬 톤이 강해 항상 친구들을 앞장세웠던 터였다. 어쩔 수 없이 혼자일 경우에는 상황에 따라 파파고 같은 언어 번역 앱을 활용하고 다녔다. 또 내 발음을 해당 여행지역 사람들이 알아듣지 못하면 어쩌지? 하는 깊은 두려움을 항상 마음속에 가지고 있었는데, 번역 앱을 이용해도 잘 안 되면 최후의 수단으로 수첩에 문장이나 단어를 적어서 의사소통을 하기도 했다.

나의 발음은 단순히 한국 언어가 가지는 로컬 톤도 아니고 설상가상으로 한반도 동남쪽의 지역 사투리 톤이 적당히 버무려진 일종의 무국적 발음이었다. 이를테면 '뤼얼리?(Really?)'하면서 'R' 발음에 맞게 혀를 말아서 굴리며 끝을 올려야 하는데 '리을리?'처럼 평평하게 발음하고 끝의 억양을 내리는 상황 같은 것이다. 이러한데 과연 이곳 시카고에서는 내 발음이 통할 수 있을까?

일전에 이번에는 기필코 끝장을 보리라 다짐하며 다녔던 영어 회화 학원에서 강사가 나에게 하던 말이 생각났다.

"고향이 경상도이고 나이 먹은 그것도 남자가 하는 영어 발음을 세 마디로 딱 정리하면. 오! 마이! 갓!"

그 지역 출신 사람들이 다 그렇지는 않겠지만 '외무'를 '웨무'라 하고 '의사'를 '으사'라고 단모음화하거나 또 '형님'을 '헹님'으로 전설모음화하고 단어의 처음을 격하게 발음하고 끝은 내리는 독특한 억양 등 여러 가지 상황을 고려한 말일 것이었다.

아무튼 이런저런 걱정으로 난 불안해하며 긴장감에 휩싸여 갔다. 그렇다고 지금에 와서 꼬리를 내리고 선배들에게 부탁하자니 도저히 사나이 자존심이 허락하지도 않았다. 또 전문 엔지니어로서 영어 의사소통은 기본이 아니던가?

나는 호텔 입구에서 짐을 내리고 일행을 떠나 혼자 호텔 프런트로 걸어갔다. 일행은 나에게 모든 걸 맡기려고 작정했는지 아예 라운지 구석에 마련된 소파에 편안하게 앉아 핸드폰에만 시선을 묶어 두고 있었다. 신경도 안 쓰는 선배들이 은근히 얄미웠지만 나는 할 수 없이 전쟁터에 끌려가는 병사처럼 쭈뼛쭈뼛 걸어갔다. 프런트에는 금발의 백인 여자와 내 또래의 젊어 보이는 갈색 머리 백인 남자가 나란히 서 있었다.

"하우 아 유우."

(안녕하세요.)

"Welcome. Good evening."

(어서 오세요. 좋은 저녁입니다.)

늘씬한 금발의 백인 여자가 활짝 웃으며 경쾌하게 인사를 받았다. 그녀의 파란 눈이 사파이어처럼 반짝거렸다.

"How may I help you?"

(어떻게 도와드릴까요?)

"체크인."

도와주겠다는 그녀의 부드럽지만 폭포수같이 시원한 말에 급기야 머리는 하얘지고 원어민 발음을 열심히 들으며 어렵게 연습해 둔 문장은 어디론가 다 사라지고 단어로 해체되어 튀어나왔다.

"래즈베이슨…."

(예약…)

난 이렇게 있으면 안 되겠다 싶어 얼른 이미 예약해 두었다는 의사를 표시했다. 그리고 예약자인 나의 이름을 말했다.

"항국에서 오셨네예?"

난데없이 남자 목소리가 끼어들었다. 갈색 머리의 백인 남자였다. 그는 내 얼굴과 예약 명부를 확인하고 나서 얼굴을 천천히 들면서 웃으며 말했다.

"예? …."

옆에 있는 파란 눈의 백인 여자에게 양해를 구한 후, 그는 내 앞으로 자리를 옮겼다.

"…. 한… 국말을 참 잘하시네요?"

나는 깜짝 놀라 잠시 그 남자를 멍하니 보고 있다가 느릿하게 말을 이었다. 미국 땅에서, 한국인이라곤 눈을 씻고 봐도 안 보이는 시카고 시내의 호텔에서, 백인임에도 한국 사투리를 완벽하게 구사하는 모습을 보며 좀 이상한 기분이 들었다. 하지만 그것도 잠시, 그 남자는 자신이 부산에서 태어났다는 것과 아버지는 옛날 부산 진구 범전동 일대에 자리 잡고 있었던 미군 하야리아 부대에서 근무하였고, 어머니는 한국 사람이라는 것을 밝히며 자신은 고등학교를 마치고 부모님을 따라 한국을 떠나 시카고로 오게 되었다고 했다.

아직 본가가 옛날 미군들이 주둔하던 부대 근처에 있는 나는 마치 고향 사람을 만난 듯 반가워하며 이것저것 물어보았다. 마침 프런트는 한가한 시간이었다.

나는 두 주 동안 여기에 묵을 예정이며 교육을 겸한 업무 출장 목적으로 왔노라고 말했다. 그리고 그가 묻기도 전에 하야리아 부대는 오래전에 시 외곽으로 옮기고 그 자리엔 시민공원이 들어섰노라고 말해 주었다. 그가 어린 시절 추억이 묻어 있는 부대 근처의 여러 가지 정보도 덧붙여 말했다. 그는 매우 즐거워하며 잠시 어린 시절 추억에 묻히는 듯했다. 그리고 그는 불편한 것이 있으면 언제든 얘기해 달라며 자기 개인 연락처도 따로 적어 주었다.

"이야! 김 대리! 너… 영어가 되네. 야! 네가 이렇게 영어를 잘하는 줄 몰랐다야. 하하하. 이번 출장은 아주 편하게 지내겠네."

프런트 남자와 오랜만에 만난 친구처럼 웃어 가며 편안하게 대화를 나누는 모습을 뒤에서 지켜본 과장님 등 일행은 마치 전쟁터에서 돌아오는 개선장군을 맞듯이 감탄하며 나를 맞이했다.

"예? 아아니…. 그게 아니고요."

"야아! 우리 부서에 드디어 인물 하나 났구나. 그래! 그래! 요즘 젊은 사람들은 말이야. 역시 영어 실력이 출중해. 정말 대단하다야."

"아아니, 그게요… 그게…."

이실직고하려는 나의 말을 중간에 잘라 버리며 과장님은 연신 나의 어깨를 두드려 댔다. 어쨌든 말할 틈도 없이 분위기는 어영부영 그렇게 넘어갔고 부서 직속상관인 과장님 앞에서 뭔가를 해냈다고 잠시 우쭐한 만용 덕분에 사실대로 말할 기회를 영영 잃어버렸다. 그 대가로 나는 거의 원주민 수준에 육박하는 영어 실력을 갖춘 능력자로 빠르게 굳어져 있었다. 그리고 그다음부터는 원래 내가 맡고 있던 팀 내 잡일뿐만 아니라 온갖 귀찮은 일은 모두 나에게 쏟아졌다. 피자 등 공동으로 먹을 간식을 주문하는 일 같은 것은 기본이었다.

이후 나의 부실한 발음 등 실력이 어느 정도 드러났음에도 불구하고 일정 내내 선배들은 나를 출중한 영어 능력자로 자리매김시키며 이것저것 맘껏 부려 먹었다.

교육을 위한 출장이라 우리 일과는 대부분 파트너사인 S사의 사무실과 호텔을 오가는 것이었다. 출장 기간에 두 번 낀 주말에는 미시간 호수와 시카고 고대 박물관, 윌리스 타워, 트럼프 타워 등을 몰려 다니며 시간을 보냈다.

나는 S사에서 온종일 교육받는 동안 처음에는 구두를 신고 있다가 여름이면 여지없이 재발하는 무좀 때문에 할 수 없이 한국에서 가져온 슬리퍼를 신고 다녔다.

입사 동기 녀석이 발 편한 슬리퍼가 있으면 편리한 경우가 많아꼭 챙겨 가라고 귀띔을 해 주었다. 그래서 속는 셈 치고 구의동 자취

방 근처에 있는 재래시장에 나가 색깔이 온통 파랗고 바닥이 납작한 놈을 하나 골라서 가지고 왔다.

처음에는 왠지 좀 쑥스럽기도 하고 한국과 달리 주위의 미국인들은 이런 간편한 슬리퍼를 신은 사람이 별로 없어 신경이 쓰였다. 그들은 사무실 내에서도 구두를 신거나 아니면 대부분 샌들같이 뒤꿈치까지 고정하는 끈이 달린 것들을 신고 있었다.

하지만 그곳에서 일부러 샌들을 따로 살 수도 없고 또 몇 번 슬리퍼를 끌고 복도나 화장실을 왔다 갔다 하다 보니 이내 주위의 시선에 무감각해졌다. 더구나 앞이 뻥 뚫린 슬리퍼가 교육 중 하루에 서너 번씩 발을 씻어야 하고 말린 후 꼼꼼히 무좀약을 발라야 하는 내 처지로서는 여간 편리한 것이 아니었다.

과장님 등 슬리퍼를 따로 준비해 온 몇몇 선배들도 무더운 여름 날씨에, 우리나라에서 그랬던 것처럼 간편한 슬리퍼를 신고 다녔다.

"What is that? Kim."

(뭐야? 김.)

하루는 교육과정을 담당하던 케니스라는 이름의 내 또래 백인 녀석이 물었다. 그는 나의 파란색 슬리퍼를 이상한 듯 내려다보고 있었다.

"디스? 음…."

(이거?)

나는 마땅한 단어를 찾지 못하고 잠시 머뭇거리고 있었다.

"오! 슬리쁘. 유 노우? 슬리쁘."

(슬리퍼. 너 알지? 슬리퍼.)

"…."

그는 말없이 나의 슬리퍼를 내려다보고 있었다. 그리고 미간을 약간 찌푸렸다.

"이즈 데알 어 프라브럼?"

(뭐 문제가 있니?)

인상을 찌푸리고 있던 케니스가 고개를 좌우로 흔들었다.

우리의 교육 시간을 조정하고, 또 S사의 필요한 각종 행정업무도 도맡아서 처리하는 등 교육과정 전반을 관리하는 임무까지 맡은 그였다. 그래도 발음이 안 좋은 나와는 처음부터 힘들게라도 이런저런 대화를 많이 해 며칠이 지나자 약간 친밀감이 있던 터였다. 시카고대 물리학과를 졸업했는데 출신학교와 회사에 대한 자부심이 대단한 친구였다.

자신이 일하는 S사는 초고층 건물이나 원자력 발전소 등 특수 목적 분야에 대한 건축과 미국 표준 원자로에 대한 원천기술 및 특허를 다량 보유하고 있다고 말했는데 어쨌든 그것은 사실이었다.

이번 교육 출장의 목적도 국내 원자력 발전소 운영을 위해 S사로부터 도입된 시스템 교육에 대한 것이었다. 원자력 발전소의 핵심 부분인 원자로의 운영 및 방사선 노출 상황 등을 관리하는 것이었다.

"Although it's a well-known fact. Most Korean nuclear power plants are being operated under our original technology."

(다 알고 있는 사실이지만 말이야. 한국 대부분의 원자력 발전소는 S사의 원천 기술을 이용하여 운영되고 있잖아.)

동양의 조그만 나라에서 온 엔지니어와 자신들과는 레벨이 다르다는 투로 얘기하는 것 같아 기분이 조금 나빠졌다. 저녁 식사를 마친 후, 이어진 팝에서 케니스가 말했다. 그는 제법 술이 오른 상태였다.

"And we have the copyright of applied technology. We are receiving the copyright fee from the basically everywhere. Asia, The Middle East, China, Canada. Japan···. You name it. literally everywhere."

(우리 회사는 적용된 기술에 대한 저작권을 가지고 있지. 그래서 우리는 전 세계로부터 저작권료를 지속해서 받고 있잖아. 아시아, 중동, 중국, 캐나다, 일본 등 말이야. 이름만 대 봐. 어디든.)

케니스는 자신의 회사가 가지고 있는 기술이 전 세계에 적용되어 있다는 것에 대해 자부심을 드러내고 나아가 은근히 자랑하고 싶은 모양이었다. 하지만 시간이 갈수록 점점 도를 더해 만용으로 치닫고 있었다.

"Nowadays, US Army is protecting a many Asian countries. It's called the nuclear umbrella policy."

(오늘날 말이야. 미국은 아시아의 여러 나라를 군사적으로 보호하고 있기도 하잖아. 핵우산 정책 같은 거.)

원자력 발전소에서 갑자기 핵 문제로 훌쩍 뛰어넘어 가는 그가 어처구니가 없었다. 그리고 꼭 집어 한국이라고 말하지 않았을 뿐이지 내 귀에는 'many Asian countries'가 바로 한국을 꼭 집어 말하는 것으로 들렸다. 속으로 '이 자식이 아무리 취중이라 해도 선을 넘는다.'라고 생각했다.

최근 인터넷이나 텔레비전 등 여기저기에서 부자 사업가 출신의 현직 미국 대통령이 조금 전 케니스의 말과 같은 취지로 얘기하는 것을 여러 번 접한 적이 있었다. 그때 그는 꼭 집어 '한국 같은 부자 나라는 방위비를 미국에 더 내야 한다.'라는 취지로 말했던 기억이 났다. 혹여 케니스 애가 현직 대통령의 추종자이거나 열성 당원이라도 되나 하는 의심까지 들었다.

"노우! 위 아 패잉 리저너블 디펜스 코스츠."

(아니야. 우리도 너희에게 합당한 방위비를 지급하고 있다고.)

화가 나서 나도 약간 목소리를 높였다. 내 말을 들은 그는 어깨를 위로 치켜올리며 입을 약간 삐쭉거렸다. 그래도 나와는 며칠 동안 그럭저럭 말을 섞어 본 터라 케니스도 내가 무슨 말을 하려는지는 대충 알고 있을 것이었다.

"We have the korean reactor using our technology. We have built nuclear power plant and operating for a long time by our technology."

(우리도 독자적 기술을 이용한 원자로형을 갖고 있어. 우리는 계속 이 기술로 원자력 발전소를 건설해 왔고 또 운영하고 있다고.)

우리의 대화를 듣고 있던 선배 하나가 케니스의 눈을 똑바로 바라보며 끼어들었다.

"유! 헤브 프리주디스?"

(너! 우리한테 편견 갖고 있어?)

내가 화난 얼굴로 케니스에게 물었다.

"No! No! Don't get me wrong! I didn't mean that."

(아니야! 난 그런 뜻이 절대 아니야! 오해하지 마.)

그제야 케니스는 약간 뒤로 물러나며 두 팔로 손사래를 쳤다. 그런 뜻이 아니라니? 비록 취중이지만 실컷 다 떠들어 놓고 이제 와서 추궁하는 상대에게 아니라고 물러서는 그의 모습이 비겁하게 보였다.

그리고 우리가 착용하고 있는 슬리퍼를 본 이후, 우리 팀을 대하는 그의 태도가 미묘하게 달라졌다. 이전에도 약간 감시하는 눈초리로 우리 일행을 살피긴 했는데 그 후로는 좀 더 강도가 더해졌다.

실제 슬리퍼가 주는 어감은 약간 수준이 떨어지거나 불량한 의미를 내포하고 있고 더구나 남의 정보를 훔치는 산업스파이의 의미도 약간 묻어 있다는 것을 나중에 알았다. 케니스의 눈에는 우리가 자신들의 고급 기술을 훔치려는 산업스파이쯤으로 보이는 것임이 틀림없어 보였다.

"Hi, Kim. Are you busy? Right now?"

(김. 바빠?)

교육 첫 주가 지난 어느 날 오후, 케니스가 출력물실에 있는 나에게 다가왔다. 그의 손에는 A0 크기인 하얀 종이가 둘둘 말려서 들려 있었다.

교육 시간에 작업한 출력물을 찾으러 IT 센터 내 플로터 기계 옆에 서 있는 나를 보고 그가 물었다. 교육장과 사이에는 조금 거리가 있 기도 하고, 또 S사의 보안규정에 따라 우리 팀의 출력물을 찾으러 가 는 일은 막내인 내가 도맡아 하고 있었다.

"화이?"

(왜?)

내가 약간 짜증스러운 표정을 지으며 대답했다. 교육생 대표로 나 에게 출입이 허락된 것인데 근래 그가 유난히 나를 포함한 우리 팀 전체를 노골적으로 감시하는 느낌을 지울 수 없었기 때문이었다.

"This is the drawing your team worked on. Take a look!"

(이게 너희 팀에서 작업한 결과물인데, 여기 좀 봐.)

케니스는 출력물실 한쪽 구석에 놓여 있는 테이블 위에 들고 있던 A0 도면을 펼쳐 놓았다. 그리고 도면 위에 찍혀 있는 워터마크를 손 가락으로 가리켰다.

S사의 동그란 회사 로고 이미지를 도면 위에서 품고 있는 워터마크 에는 해당 도면이 출력된 날짜와 작업한 컴퓨터의 고유번호 등이 찍 혀 있었다. 워터마크는 이 도면의 주인이 S사라고 소리 높여 외치고 있는 것 같았다. 그런데 케니스는 이 부분이 이상하다는 것이었다.

분명히 평일 일과 시간에만 출력 작업이 가능한데, 이 워터마크에 찍힌 시간은 휴일인 지난주 토요일 날짜가 찍혀 있는 것이었다.

난 그럴 수는 없다고 강하게 부인했다. 우리 팀은 권한이 없어 휴일에 S사 사무실에 출입할 수도 없고 더더구나 지난 토요일은 분명히 팀 전체가 미시간 호수 옆에서 온종일 놀다 밤에는 윌리스 타워에 올라 시카고의 야경을 구경했던 것이 뚜렷하게 기억났다.

"No! This is the drawing from your job training session. Look right here. It says last Saturday."

(이게 너희들이 교육 시간에 출력한 도면인데. 보라고! 지난주 토요일이잖아!)

케니스는 도면을 내려다보며 계속 문제를 제기하였다. 그리고 이 문제는 자신들의 보안팀에 의뢰하여 조사할 수밖에 없다고 했다.

"체크 더 유어 엔티피 써버."

(너희 NTP 서버를 점검해 봐.)

NTP 서버는 위성에서 날짜를 수신하여 회사 내 전체 정보시스템에 정확한 시간을 자동으로 맞춰 주는 기계였다. 하지만 날씨나 전파의 방해 등 예측할 수 없는 여러 환경 문제로 위성과의 교신에 에러가 발생할 수 있는 점을 고려하면 NTP 서버에 문제가 발생했을 가능성이 가장 컸다. 한국에서도 드물지만 이런 문제가 발생했었다.

나는 케니스의 말대로 설마 S사 같은 세계 최고의 회사에서 이런 기본적인 것을 놓쳤을 리 없다고 생각하면서도 혹시나 하는 생각으로 그에게 말해 주었다.

결과는 나의 예측이 맞았다. 보안팀에 조사를 의뢰한다고 거들먹거렸던 케니스는 그 후 계속 조사 중이라는 말만 할 뿐 더는 해당 도면에 대해 말하지 않았다.

그리고 그 일 이후, 우리를 대하는 케니스의 태도가 약간 누그러졌다. 나한테는 조금 미안해하는 표정도 그의 얼굴에 엿보였다. 또 내가 보안팀의 조사 결과를 캐물을까 봐 두려워 그런지 슬슬 피하는 기색이 역력하였다.

"이 씹쇄이들. 우리를 쫄로 보나?"

평소에도 입이 거친 핵공학을 전공한 선배가 비분강개한 표정으로 말했다.

"우리가 실력이 없어서 이러고 있는 줄 알아. 응? 우리도 너희 같은 기술 다 갖고 있다. 개쇄이들아! 우리가 뭘 좀 하려고 하면 이 개쇄이들이 온갖 핑계로 못 하게 다 막고 있으면서. 야! 우리가 뭐 힘이 없지 가오가 없냐?"

IAEA(국제 원자력 기구) 같은 국제 감시 기구를 내세워 우리나라의 독자적인 업무 추진을 막고 있다고 평소에도 불만이 많은 핵 전공 선배의 목덜미에 굵은 핏대가 솟아올랐다.

"근데 나 같은 핵쟁이는 잘 모르지만 말이야. 너 얘들 NTP인가 뭔가 하는 그 문제는 어떻게 알았냐?"

"대충 짚었죠. 뭐? 사실 우리 회사에서도 이런 일이 한두 번 있었거든요?"

"고뤠에? 크크크. 잘했다. 이 개쒜이들! 그렇게 잘난 척하면서 거들먹거리더니. 그런 기본적인 것도 안 되어 있다냐? 에라이! 이 돌대가리 새끼들아!"

핵 전공 선배는 들으라는 듯 사람들이 다니는 복도 쪽을 향하여 큰 소리로 말했다.

"야아! 김 대리. 너 대단한데. 역시 요새 젊은 사람들은 말이야. 이 영어만 잘하는 줄 알았더니. 야아! 이 친구. 기술적인 능력까지 딱 장착하고선 말이야. 하하하. 정말 든든하구먼!"

과장님도 같이 거들었다.

나는 어깨를 위로 한껏 들어 올리고, 허리춤에 양손을 척 걸쳐 놓고, 입가 팔자 주름에 잔뜩 힘을 주어 아래로 찍 내리고, 혀는 약간 앞쪽으로 빼어 물고, 짝다리를 짚은 채, 그 다리를 달달 떨면서 한쪽 눈을 지그시 찌푸리며 S사 직원들이 바쁘게 돌아다니는 복도 쪽을 거만하게 째려보았다.

그러는 사이, 어느덧 예정한 출장 기간이 끝나가고 있었다. 우리는 저녁을 먹고 내일 출국을 앞둔 아쉬운 마음에 호텔 근처 재즈 바에 들러 밤늦게까지 술을 마시고 놀았다.

과거 이곳에서 활동했던 재즈 음악의 슈퍼스타인 루이 암스트롱을 좋아하는 과장님은 그의 노래가 나오자 일어서서 두 손을 말아 입에 갖다 대고 눈을 지그시 감고 트럼펫을 부는 시늉을 했다. 재즈 바를 가득 메운 사람들은 시끄러운 우리 일행을 흥미롭게 쳐다보고 있었다.

줄곧 우리 일행을 주시하고 있던 나이 많은 흑인 밴드 마스터는 시카고에서의 마지막 밤을 요란하게 보내고 있는 우리를 위해 암스트롱의 명곡 '왓 어 원더풀 월드' 등 잘 알려진 몇 곡을 연속으로 연주해 주었다. 친절한 그가 고마워 우리는 자리에서 일어나 환호성을 질렀다.

취한 과장님은 기분이 좋아져서 어리둥절한 표정을 짓고 있는 마스터의 윗도리 주머니에 십 불짜리 지폐를 꽂아 주며 그와 어깨를 나란히 끌어안고 눈을 지그시 감은 채 노래를 따라 부르고 있었다. 또 리듬에 맞춰 우리 일행은 볼썽사납게 시커먼 사내들끼리 서로 붙잡고 엉터리 스텝으로 블루스를 추었다.

자정이 가까워지도록 재즈 바에서 시간을 보낸 우리는 각자 방으로 들어왔다. 하지만 여흥이 완전히 가시지 않은 일행은 과장님 방으로 모두 꾸역꾸역 모여들었다. 모두 눈치는 뻔했다. 술이 부족한 것이다. 또 내가 술심부름을 하러 가야 할 시간이 된 것이다. 이런 경우, 꼭 방에 들어온 후가 되어야 술이 부족하다는 사실을 우리는 인식한다. 대부분은 그렇다. 정말 신기한 현상이 아닐 수 없다.

"내가 너무너무 좋아하는 우리 막내야! 하하하. 네가 그래도 영어가 좀 되니 얼른 좀 갔다 와라. 어쩌겠냐? 아까 저녁 먹고 오다 보니요 호텔 옆길로 돌아가면 편의점이 하나 보이던데. 가서 술과 안주될 것 좀 사 와라."

과장님은 술기운으로 벌게진 얼굴로 나를 흐뭇하게 쳐다보며 말했다. 그리고 깊은 밤이라 특별히 조심할 것을 당부했다.

"너 알겠지만. 여기 시카고가 말이야. 이상한 놈들이 되게 많아. 아까 여기 올 때 보니까 골목 안에 덩치 큰 놈들이 여러 명 있던데. 조심하고. 참 그러고 보니 여기가 그 알 카포네가 놀던 7번가와 가까운 것 같은데?"

과장님은 날 걱정해 준답시고 그 와중에 이름만 들어도 살 떨리는 알 카포네까지 데리고 들어왔다.

아휴. 씨발! 그렇게 위험하면 제가 가지.

입 밖에는 내지 못하고 속으로 삼켰다.

맨발에 파란 슬리퍼를 끌고 바깥으로 나왔다. 낮과 달리 깊은 밤이라 날씨는 선선했다. 어슬렁거리며 호텔을 돌아 큰길을 따라 올라갔다. 도로에는 아무도 보이지 않았다. 가게는 호텔에서 얼마 안 떨어진 큰길가에 있었다.

뚱뚱한 몸집의 아줌마 한 명이 졸린 눈으로 지키고 있는 세븐일레븐에서 맥주와 음료 그리고 이름을 알 수 없는 콘칩 같은 안줏거리를 사서 양손에 들고서 왔던 길을 되돌아 걸었다.

중간쯤에 이르렀을까? 큰길 옆으로 이어 붙은 골목에 여섯이나 일곱 명은 됨직한 한 무리의 젊은 남자들이 모여 있었다. 다들 큰 키에 육중한 몸집이 보기만 해도 위압적인 모습이었다. 값싼 미소를 입가에 흘려 가며 날카로운 눈빛과 흰 이를 가득 드러낸 채 이쪽을 바라보며 이죽거리고 있었다. 골목 안쪽으로는 호텔 뒤쪽이어서 그런지 어둑했다. 어두운 배경이라 그들의 얼굴은 잘 구별이 되지 않았지만, 우락부락한 체구에 팔뚝 근육은 희미한 가로등 아래서도 선명했다.

"헤이…."

자기들끼리 뭐라고 떠들어 대는 소리가 꼭 날 부르는 것 같다. 못 들은 척한다. 급히 그들을 지나쳐 왔지만, 뒤에서 날 부르는 소리가 분명한 것 같다. 순간 마음이 급해지고 심장 뛰는 소리가 목을 지나 머릿속에서 쿵쾅거린다. 출장 오기 전에 봤던 영화 〈폰조〉에 등장했던 알 카포네 부하들 모습이 머릿속에 가득 찬다. 상대편을 향해서 총을 난사하는 그들의 모습이 머릿속에 선명히 떠오른다. 또 조금 전, 희미한 불빛 아래 굵은 팔뚝 근육이 선명한 남자들의 모습이 겹친다.

온갖 상상이 머릿속을 가득 채우기 시작한다. 서울 동대문이나 청량리에는 아직도 옛날 자유당 때 유명한 정치깡패인 유지광이를 추종하는 놈들이 있다고 하던데, 혹시 이놈들도 알 카포네 추종자들이 아닐까? 그렇다면 이놈들이 7번가에나 있지 여기는 뭐 처먹을 게 있다고 오고 지랄이야?

세월이 지나 요새는 마피아보다 몇몇이 몰려다니는 거리의 갱들이 활개를 친다는데 출장 오기 전에 인터넷에서 아직도 여기 시카고

가 미국 내에서 살인사건이 많은 도시 상위권에 오른다는 기사가 기억난다. 뉴욕이나 로스앤젤레스의 것을 합한 것보다 많다는 것이다.

뒤에서 낄낄거리며 날 부르는 소리가 또 들리는 것 같다. 머릿속은 점점 더 하얗게 변해 가는 와중이지만 빠르게 이런저런 생각이 떠오른다.

혹 이것들이 총을 가지고 있는 게 아닐까? 아니면 칼이라도 가지고 있을 텐데. 여차하면 뒤에서 총을 쏘든지 칼을 던지든지 하겠지? 아이고! 잘못하면 이 깊은 밤에 시카고 길바닥에서 비명횡사할지도 모르겠다. 들고 있는 술을 다 줘 버릴까? 아니야. 이놈들이 돈을 원할 것 같아. 그렇다면 난 지갑을 놔두고 왔는데 큰일 났네. 카드라도 가져왔으면 카드 결제라도 하자고 사정할 텐데. 그것도 일시불로 말이다. 조금 전 지갑에서 필요한 현금만 쥐고 나온 게 후회스럽게 가슴을 헤집는다.

그리고 대한민국 정규군대를 하루도 빼먹지 않고 오지게 복무한 사나이답게 침착해야 한다고, 조국의 명예를 생각해서라도 당당해야 한다고 다짐에 다짐을 하지만 걸음은 나도 모르게 점점 더 빨라지고 있다.

이제 저놈들이 뒤에서 총을 쏘거나 칼을 던질지도 모른다는 생각이 뇌리를 스치는 순간, 내 몸이 알아서 자동으로 지그재그 걸음걸이를 만든다. 원래 지그재그로 뛰다시피 걸으면 총을 쏴도 잘 안 맞는다. 군대 있을 때 권총 사격을 해 보면 정지된 10m 앞의 표적도 맞히

기가 어려운데 하물며 좌우로 왔다 갔다 하는 바에야 말해서 무엇하랴 싶다.

인도를 양쪽 끝으로 뛰다시피 왔다 갔다 하느라 신고 온 파란 슬리퍼는 이쪽저쪽으로 터질 듯이 밀려난다. 발가락이 어디에 부딪혔는지 쓰려 왔지만 내려다볼 틈이 없다. 급기야는 양손에 술과 안주를 들고 죽으라고 호텔을 향하여 지그재그로 뛰기 시작한다.

"헤이…."

분명히 날 부르는 소리가 또 뒤에서 들리는 것 같다.

그때, 호텔 건물 모퉁이를 돌아선다. 아주 잠깐이겠지만 지금은 저놈들이 뒤에서 총을 쏜대도 내 몸에 안 맞겠지? 하는 생각도 든다.

하지만 뛰어오던 속도를 늦추지 않은 바람에 발생한 원심력으로 나의 몸이 인도 바깥쪽으로 급격히 쏠린다. 바로 앞 호텔 회전문이 순간 멀어진다. 머리는 목표 지점인 호텔 문을 향하고 있으나 몸뚱이는 인도를 지나 자칫하면 차도 안으로 밀려들어 갈 판이다. 양발로 최대한 바깥으로 튀어나가려는 힘을 지탱하느라 견디지 못한 슬리퍼 바닥이 급기야 발등으로 올라와 앉았다.

질량 m의 물체가 반지름 r의 거리를 가지고 속도 v로 원운동을 한다면 원심력의 크기는….

하필 이 순간, 왜 고등학교 때 물리 선생님의 말씀이 또렷하게 떠오르는지 그 이유를 알 수가 없다.

우당탕탕!

양손에 술과 안주를 쥔 채로 호텔 앞 인도 바닥에 엎어진다. 저쯤에서 그 남자들 무리가 보이는 것 같기도 하다. 난 미친 듯이 중력을 거스르며 두 발을 땅에 딛고 벌떡 일어선다. 손엔 술과 안주를 단단히 움켜쥐고.

금방 총알이 날아올 것 같아 번개같이 호텔 입구 회전문 속으로 파고든다. 로비를 가로질러 프런트에는 갈색 머리 백인 남자가 호의적인 웃음을 지으며 나를 보고 있다. 급한 마음에 아는 체도 없이 프런트를 미끄러지듯 지나 얼른 엘리베이터에 올라탔고, 한달음에 일행이 있는 과장님 방으로 올라간다.

큰 숨을 한번 쉬고 짐짓 아무 일도 없었다는 표정을 짓고, 마음을 다독이며 조용히 문을 열고 방으로 들어선다.

"야아! 엄청나게 빨리 왔네. 고생했다. 내려놓고 이리 와서 앉아라. 너 진짜 고생했다야."

감탄사를 앞에 붙이기를 좋아하는 과장님이 일어나며 내 팔을 끌어당기고 다른 사람들도 모두 나의 수고에 한마디씩 한다.

"어메? 근데 웬 맨발이여? 너 신발은 어디 팔아 먹었당가?"

같이 출장 온 다른 부서 선배가 내 발을 보고 고개를 갸우뚱거리며 묻는다. 내려다보니 맨발인 채로 먼지와 잡풀 자락이 잔뜩 낀 발가락만이 눈앞에서 꼬물거리고 있다.

"아…. 그냥 좀 답답해서 슬리퍼를 방에 벗어 두고…."

적잖이 당황하며 두루뭉술 둘러댄다.

다음 날 아침, 공항으로 출발하기에 앞서 로비로 내려오는 우리 앞을 누군가 가로막았다. 프런트 담당 직원인 갈색 머리 백인 남자였다. 그의 오른손에는 어젯밤에 사라졌던 나의 파란 슬리퍼가 쥐어져 있다.

"어제 밤에예. 지나가던 젊은 남자분 몇몇이 이 파란색 슬리퍼를 프런트로 가져왔데예. 돌려줄라꼬 아무리 불러도 몬 듣고 막 뛰어가더라 카던데예."

"…."

"슬리퍼가 차도 위로 휑 날아가 버려 그분들이 달리던 차들을 멈추어 세우고 주워 낸다꼬 애를 먹었다 카던데예. 슬리퍼 모양으로 봐서 여기 시카고 사시는 분도 아닌 것 같은데 꼭 돌려 드렸으면 좋겠다꼬 합띠다."

너무도 유창한 부산 사투리로 그가 나와 우리 일행을 번갈아 쳐다보며 말했다. 끝.

벚꽃

걸쭉한 목소리가 전화기에서 흘러나왔다.

"이제 톨게이트 지나니께 금방 도착할 거예유. 쿨럭."

탁한 소리였다. 씩씩거리는 숨소리도 섞였다. 어제 숙희가 받은 메시지에 언급된 여자일 터였다. 이름은 곽옥자라 하였다.

"여기! 여기!"

붉은색 점퍼를 입은 중년의 여자가 숙희를 향하여 손을 흔들었다.

버스 앞문 계단에 서서 밖을 내다보고 있었는데, 키가 작고 배가 조금 나왔다. 점퍼가 가리고 있었지만, 손을 들자 숨어 있던 배가 쑥 불거져 나왔다.

버스 앞 유리에는 '진해 벚꽃 놀이'라고 쓰인 종이가 투명 테이프에 몸을 의지한 채 붙어 있었다.

"여기! 여기! 이숙희 씨? 빨리 타유. 빨리 타."

숙희가 종종걸음으로 달려가 버스에 올랐다. 버스에 타고 있던 몇몇 사람들이 그녀를 힐끔 쳐다봤다.

"저기 중간에 빈자리 있네. 혼자 오신 거라서 할 수 없슈. 하루 전에 전화하셨는데 운 좋게 한 자리가 비어 있어 다행이여. 쿨럭."

안쪽 좌석에는 얼추 이십 대로 보이는 여자가 이미 앉아 있었는데 품이 넉넉한 검은 원피스를 입었다. 숙희가 옆자리에 앉아도 그녀는 눈을 감은 채, 창 쪽으로 얼굴을 돌리고 있었다. 다른 세계 속에 있는 듯, 숙희의 존재를 전혀 의식하지 못하는 것 같았다. 옆으로 본 얼굴임에도 눈 아래 거뭇하게 기미가 내려앉아 있는 게 보였다.

"다 앉으셨쥬우?"

곽옥자는 버스 안을 휘 들러 보더니 앞쪽으로 천천히 걸어갔다. 그리고 선반에서 마이크를 꺼냈다.

"죽전에서 한 분이 타서 이제 저희 차는 다 찼네유. 다음 정류소인 신갈에서는 정차할 필요가 없겠어유."

숙희를 태운 버스는 천천히 죽전 버스 정류소를 벗어나고 있었다. 차창 밖으로는 수많은 눈빛이 자신의 버스를 찾아 두리번거리며, 서울 쪽 도로를 맹렬히 쳐다보고 있었다.

버스는 아직 제 속도를 내지 못하고 거북이걸음으로 남쪽으로 향했다. 거대한 아파트 더미가 줄줄이 아래로 이어지고 신갈 버스 정류소를 지나면서는 버스가 속도를 천천히 올리기 시작했다.

버스 앞쪽에 매달려 있는 텔레비전에서는 굵은 자막을 스크린 하단에 뿌리면서 뉴스를 내보내고 있었다.

- 제임스웹 우주 망원경이 보내온 경이로운 사진들.

뉴스 안에서는 바이든 미국 대통령이 지구에서 멀리 떨어진 은하단 컬러 사진을 백악관에서 공개하고 있었다. 46억 년 전 은하단의 모습이었다. 뒤이어 미국 항공우주국(NASA)이 100억 달러를 투자해 개발한 이 제임스웹 망원경으로 촬영한 사진도 내보냈다. 지구로부터 약 7,600광년 떨어진 용골자리 성운의 모습이었다.

기자는 허블망원경보다 훨씬 선명한 사진을 전송하고 있는 이 망원경을 통해, 과학자들이 별의 탄생뿐만 아니라 소멸에 관한 보다 진전된 연구를 할 수 있길 고대하고 있다는 인터뷰 내용을 방송하고 있었다.

"쿨럭. 저는 이름이 곽옥자라고 해유. 이름이 찌끔 촌시럽쥬? 곽 부장이라 해도 좋고, 아니면 그냥 가이드님이라 불러도 되어. 지가 오늘 여러분을 진해까지 안전하게 모실 국내 최고의 미녀 가이드에유. 어때유? 이만하면 쓸만하쥬?"

사람들이 박수로 화답했다.

"감사해유. 다들 이렇게 박수까지 주시니, 제 말에 동의하신 거로 생각해도 되것쥬? 근데 지가 천식이 있는디, 듣기에 찌끔 불편해시드래두 이해를 부탁드릴께유. 그래도 여행하는 동안맹큼은 최선을 다해 모시것습니다."

생리가 또 미뤄졌다. 열흘째 소식이 없다. 작년에도 한두 번 이랬는데 올해는 연초부터다. 지난달에는 되레 빨라졌었고 양도 많이 줄었다. 생리대에 묻어나오는 검붉은색의 흔적이 점점 더 옅어져 갔다.

"얘. 난 벌써 끊겼지."

친구 중에는 이미 끊어진 애들이 하나둘 늘어나기 시작했다. 가끔 주체할 수 없을 정도로 양이 많을 때도 있었고 전체적으로는 이런 불규칙한 변화의 주기가 점점 더 잦아졌다.

남편은 출근하고 막 직장생활을 시작한 딸과 대학 졸업반인 아들도 아침 일찍 서둘러 나갔다. 따뜻한 햇볕이 유리를 뚫고 침대 모서리에 걸터앉았다. 조금만 있으면 위로 올라탈 것이다. 따뜻한 온기가 온몸을 덮자, 졸음이 스멀스멀 몰려온다. 숙희는 어젯밤에도 잠을 설쳤다. 불면증이 심할 때는 수면제를 먹기도 하지만 어제는 약을 먹어도 잠이 잘 오질 않았다.

남편은 크지 않는 유통회사에서 관리자로 근무하고 있는데, 성격이 무던하고 성실한 남자였다. '신랑을 뺏어서 죄송합니다.'라고 남편 회사 대표이사라는 사람이 했던 말이 생각났다. 그 말을 듣고 얼마 안 돼서 남편은 지금 하는 일에다 공장 관리도 추가로 맡아서 한 달에 반은 공장이 있는 지방에서, 나머지 반은 집에서 다녔다.

"그래도 아직 회사에서 날 필요로 하고 있다는 거지."

남편의 어깨는 으쓱거렸고, 목소리엔 힘이 실렸다.

눈이 부셨다. 양쪽으로 밀쳐져 있던 커튼 한쪽을 가운데로 끌어당겼다. 침대 위로 올라탔던 햇살이 화들짝 놀라며 창문 너머로 도망갔다.

숙희가 창밖을 내다보자, 앞 동이 시야에 들어왔다. 앞 동과의 사이 조그만 공터에는 운동용 사이클을 비롯한 각종 기구가 몇 개 설치되어 있었는데 벌써 그 위에서 열심히 팔과 다리를 움직여 대는 사람들의 모습이 보였다. 그 모습을 보자, 그녀는 가슴이 답답해지고 사이클을 타고 있는 여자의 헐떡거림이 자신에게 전해져 오는 것 같았다. 목덜미가 후끈거렸고 열감이 얼굴로 솟아 올라왔다. 연이어 오줌이 마려웠다.

숙희는 일어나 화장실로 갔다. 그리고 팬티를 내리고 변기에 걸터앉았지만, 아무런 소식이 없다. 불과 조금 전 느꼈던 다급함은 흔적 없이 사라졌고, 이번이 오늘 들어 몇 번째인가 하고 생각했다. 팬티를 올리려 하자, 표면에 묻은 붉은색 흔적이 보였다. 그녀는 변기에 다시 엉덩이를 들이밀었다. 차가운 변기의 표면이 허벅지에 와 닿았고 소름이 돋았다.

앉은 채로 몸을 뒤로 비틀어 왼쪽 벽장 속에 포개져 있는 생리대 맨 위의 것을 하나 들어 올렸다. 같이 포개져 있던 생리대 몇 장이 화장실 바닥으로 추락했다. 바닥에 떨어진 그것들을 집어 올리며 그녀는 한숨을 몰아쉬었다. 그리고 탄력 없이 늘어져 가는 아랫배를 내려다보았다.

거실로 나온 숙희가 천천히 주방으로 걸음을 옮기자, 싱크대 안에 널브러져 있는 그릇들이 보였다. 숙희가 싱크대 옆에 있는 그릇장 앞에 웅크리고 앉았다. 생기 없는 중년의 여자 얼굴이 유리 위에 겹쳐 보였다. 얼굴 너머에는 진노랑과 연두색 등의 젱갈라 그릇 세트가 보였다. 접시나 공기, 주전자, 찻잔 등 다양한 모양의 앙증맞은 그릇들이 들어앉아 있었다.

몇 년 전, 남편과 같이 발리에 여행을 갔을 때 큰맘 먹고 사들인 것이다. 결혼 후로 해외여행 한번 가 본 적이 없어 벼르고 별러서 다녀왔는데, 그때 장만한 것들이었다. 그 후 그것들을 깨끗하게 닦아 다시 진열한 후, 들여다보는 것이 그녀의 소일거리 중 하나가 되었다.

숙희는 먼저 접시 세트를 조심스럽게 끄집어냈다. 옥색이나 연회색 등 각종 색깔과 발리 특유의 질감을 머금은 접시들이었다. 싱크대 안쪽의 설거지 안 된 그릇은 옆으로 밀치고, 젱갈라 접시를 하나씩 정성스레 물로 씻기 시작했다. 그리고 마른행주로 표면에 묻은 물기를 깨끗하게 닦아 내고 한쪽으로 쌓았다. 물기를 닦아 내자, 그릇 표면에서 뽀드득하는 마찰음이 손끝에서 일어났다. 기분이 좋아졌다. 주방 밖으로 눈길을 돌리자, 파란 하늘이 가까이 내려와 있었다.

행주로 깨끗하게 닦아서 별도로 쌓아 둔 그릇더미 중간쯤 되는 곳에 진노랑의 꽃봉오리를 온몸으로 휘감은 접시가 끼어 있는 게 보였다. 외곽 표면이 마치 물결처럼 울렁거리던 그것을 자세히 들여다보니 울룩불룩한 바닥에 작은 물방울이 몇 개 붙어 있는 게 보였다. 그것은 바로 위에 겹쳐 있는 접시와의 사이에 숨어 보일 듯 말 듯 했다. 건성으로 봤다면 전혀 알 수 없을 만치 작은 물방울이 바닥에 붙어 있었다.

조금 전 마른행주로 닦을 때 놓친 게 분명했다. 숙희는 '위에 있는 접시의 바닥을 잘못 닦은 걸까? 아니면 아래 것의 표면을 닦을 때 놓친 걸까?' 하고 생각했다. 위쪽의 접시 더미만 살짝 옆으로 밀치고 닦아내려 하자, 전체가 불안하게 흔들거렸다. 할 수 없이 위쪽을 따로 옮겨 놔야겠다고 판단한 숙희는 행주를 내려놓고 위쪽 더미를 두 손으로 움켜쥐었다.

"아!"

시큰한 통증이 숙희의 왼쪽 팔목을 관통했다. 순간 왼쪽 팔목에 힘이 쭉 빠졌고 연이어 발아래서 접시들이 서로 부딪쳐 조각나는 소리가 들렸다. 둔탁하지만 날카로운 소리였다. 접시들이 서로 엇갈리며 표면에서 비벼지는 소리였다. 놀란 그녀가 뻣뻣하게 그 자리에 얼어붙었다. 발 주위에는 부서진 파편들이 어지럽게 흩어져 있었다. 진노랑의 꽃봉오리가 여러 개로 분리되어 흩어졌다.

막내 동생뻘의 젊은 여의사는 대수롭지 않다는 표정으로 숙희를 바라봤다.

"이제 자연스럽게 받아들이셔야 합니다. 폐경이나 불면, 불안, 안면홍조. 이런 게 대표적인 갱년기 증상입니다."

그녀는 검사 결과가 나와 있는 컴퓨터 화면을 슬쩍 한번 쳐다봤다.

"약은 빼지 말고 꼭 드세요. 맘을 편하게 가지시고 가족이나 친구들과 대화를 많이 하시면 도움이 될 겁니다."

'하세요.', '하셔야 합니다.'라는 말이 날카로운 핀셋이 되어 숙희의 자궁을 꼭꼭 찌르는 것 같았다. 아랫배가 찌릿하게 저렸다.

남편에게는 온종일 연락이 없었다. 남편은 내일 공장이 있는 지방으로 출장을 떠날 것이다. 비밀번호를 누르자, 현관문이 열렸다. 아무도 없는 집이라 서늘한 기운이 성큼 다가왔다. 커튼이 쳐진 거실은 어둑했다. 숙희가 천천히 거실 커튼을 양옆으로 걷자, 저녁 햇살이 비스듬히 안쪽으로 밀려왔다.

숙희는 거실을 지나 주방으로 들어갔다. 식탁 위에는 조금 전 그녀가 현관문 앞에서 가져다 둔 배달 상자가 있었다. 포장을 뜯자, 안에서 케이크 상자 그리고 붉은 장미와 망고 튤립으로 된 꽃다발이 나왔다.

- 당신의 생일을 진심으로 축하합니다. 남편.

손바닥 반 크기 정도의 작은 분홍색 축하 카드였다. 케이크 배달 업체 직원이 '축하 글은 어떻게 할까요?' 하고 물었을 것이고, 무던한 남편은 쑥스러워하며 '보통 뭐라고 적나요?' 하고 되물었을 것이다. 성실한 그는 바쁜 와중에도 직원이 제시한 표본 중에서 하나를 골랐거나, 아니면 그냥 알아서 해 달라고 말했을 것이다.

'바쁜 와중에 케이크라도 챙겨 주는 게 고맙지 않니?' 하고 시위하듯 분홍색 카드는 빳빳하게 얼굴을 들고 있었다.

숙희는 자신을 이루는 모든 것, 과거는 물론이고 현재와 미래의 것까지 전부 남편이 보낸 카드처럼, 이미 만들어져 있는 많은 표본 중의 하나일지도 모른다는 생각이 들었다. 아니면 알아서 만들어진 것일 수도 있고.

숙희는 조용히 식탁 의자에 걸터앉았다. 그녀는 케이크 상자와 제법 큰 덩어리로 묶여 있는 축하 초를 멀뚱히 쳐다보고 있었다. 눈짐작으로 초가 몇 개인지 세어 보다, 이내 포기했다.

아직 연락이 없는 걸로 봐서 남편은 오늘도 늦는 것 같다. 아마 내일부터 출장이라 본사 사무실의 잔여 업무를 처리하고 퇴근하는 것이 분명했다. 아들과 딸에게도 연락이 없다. 아직 신입사원인 딸은 업무에 정신이 없을 것이고, 아들은 취업 준비와 연애에 바쁠 것이다.

지금까지 숙희는 성실한 남편과 잘 커 준 아이들에게 항상 고마워하면서 살아왔다. 자신의 젊은 시절도, 꿈과 다니던 직장을 포기한 대가도 이만하면 충분히 보상받았노라고 자위하면서.

나는 그냥 골라잡을 수 있는 많은 표본 중의 하나일까?

숙희의 머릿속에 찬바람이 불었다.

- 당신 오늘 늦어요? 저녁은 먹고 일하는 거지?

끝까지 입력을 다 하고 나서야, 숙희는 이런 메시지가 퇴근이 늦는 남편에게 항상 보내왔던 것임을 깨달았다. 전송 표시 아이콘에 올려져 있는 손가락을 황급히 거둬들였다. 그녀는 식탁에 앉아 점점 더 어두워져 가는 휴대전화 화면을 내려다보았다. 액정 속으로 전송되지 않은 메시지가 서서히 빨려 들어갔다. 그 모습을 지켜보는 중, 숨이 차오르고 등이 축축하게 땀으로 젖어 왔다.

숙희는 병원에서 받아온 약을 입속에 털어 넣고 정수기에서 물을 한 잔 받아 벌컥벌컥 마셨다. 거실을 지나 베란다로 나가서 슬리퍼에 넣는 둥 마는 둥 대충 발을 밀어 넣었다. 그리고 창문을 열어젖혀 얼굴을 내밀고 밖을 내려다보았다.

어머! 꽃이 피었네?

숙희는 베란다 아래로 보이는 하얀 꽃을 쳐다보았다. 그 생각을 하고 나니 부끄러운 생각이 확 밀려왔다.

'봄이니까 벚꽃이 피는 건 당연하지. 단지 내에서 쭉 보고 다녔잖아?' 하고 핀잔을 주는 것 같았다. 뜨거운 열기가 또 얼굴로 치고 올라왔다. 이마에서 땀이 쏟아지는 것 같아 숙희는 오른쪽 손바닥으로 이마를 쓸어 올렸다. 베란다 아래 꽃들이 모두 자신을 비웃고 있을지도 모르겠다는 생각이 들었다. 그리고 왜 그동안 꽃이 피는지도 모르고 있었는지 참으로 어처구니없다는 생각이 들었다.

어머! 벌써 지고 있잖아.

숙희는 화들짝 놀랐다. 자세히 보니 벚꽃 나무 아래엔 맥없이 떨어져 검은 흙에 뒤엉켜 있는 꽃잎들이 보였다. 그들이 일제히 머리를 쳐들고 '아직도 우리가 이렇게 있는 걸 못 봤니? 이 등신아!' 하는 것 같아 숙희는 얼른 머리를 들었다.

누가 꽃을 이 더러운 흙 안에…. 도대체 누가 그랬어?

숙희는 목이 꽉 막혀 왔다. 오른손으로 목 앞을 감싸 쥐었다. 그리고 왼손으로 부숴 버리기라도 하듯 베란다 바깥 창문을 쾅하고 닫았다.

그녀는 베란다 벽을 등지고 앉았다. 벽에서 나오는 차가운 냉기가 등으로 느껴졌지만, 가슴은 뜨겁게 방망이질했다. 그녀는 자신이 등신이 되지 않으려면 활짝 핀 꽃을 두 눈을 부릅뜨고 또 부릅뜨며 봐 줘야 한다고 생각했다. 그리고 지금까지 못 본 게 자기 잘못이 아니라고, 나한테 너무 그러지 말라고, 누군가에게 강하게 변명해야 할 것 같았다.

거실로 나온 숙희는 휴대전화기 암호를 풀고, '벚꽃 여행'으로 검색하여 제일 위의 것부터 누르기 시작했다.

"나도 조용히 죽은 듯이 늙어 갈 수만 있다면 정말 좋겠어. 하지만 그게 안 되더라고!"

흰머리와 얼굴에 주름이 가득한 남자 배우가 말했다. 텔레비전 연속극에서 나오는 소리였다. 창문으로 비쳐 드는 저녁 햇살에 반사되어 화면이 잘 보이지 않았지만, 남자의 액체로 그렁그렁한 눈은 선명하게 보였다.

"너희들은 젊다고 이런 내가 창피한 거니? 하지만 나도 사람이야!

사람이란 말이야!"

숙희는 리모컨을 눌러 텔레비전을 껐다. 늙은 남자 배우가 까만 바닷속으로 침몰했다.

그는 이제 늙어 가며, 조용히 죽어 갈 수 있을까?

저녁이 지나서 밤이 되자, 휴대전화기에 메시지 한 통이 도착했다.

- 내일 아침 8:30분까지 경부고속도로 하행 방향 죽전 버스정류소
  로 나오세요. 가이드 성함은 곽옥자. 연락처는….

남쪽으로 내달린 버스는 칠원에서 남해고속도로와 만나 왼쪽으로 머리를 돌린 후 진해를 향해 달렸다. 시내는 군항제가 열리는 시기라 많은 관광객으로 붐볐다. 시내로 들어온 버스는 중앙시장을 앞에 두고 좌회전했다. 시장을 조금 지나, 약간 너른 공터에서 버스는 천천히 정지했다. 숙희는 상체를 일으키며 허리를 폈다.

"참 멀죠?"

"…. 네."

숙희가 말을 걸자, 안쪽에 앉았던 원피스가 기어들어가는 목소리로 답했다. 온전하게 정면으로 얼굴을 쳐다본 게 오늘 처음인 것 같았다. 원피스는 오는 내내 말없이 창밖만 쳐다보던 터였다. 곽옥자는 또 마이크를 잡았다.

"지금 진해에도 벚꽃이 많이 떨어졌네여. 제가 그런 거 아니여유. 끝물인 데다가 어제하고 오늘 아침에 여기는 바람이 엄청 불었데유. 그래서 창밖에 보이는 것 같이 꽃이 별로 없어유. 저도 안타깝지만 어떡하겠슈? 지가 올해 진해에 다섯 번짼디. 미모의 베테랑 가이드로서 한 맬씀 드리면, 아직 온전하게 꽃이 살아 있는 곳이 딱 한 곳이 있는디이. 잘 들으…. 쿨럭. 그곳이 바로 해군사관학교 뒤편 산기슭이예유. 거긴 진해에서 아즉 꽃이 온전하게 살아 있는 유일한 곳인디, 불편하시드래두 셔틀로 이동해서 교정을 좀 걸어 올라가면 돼유. 지금 우리가 식사 후 둘러보게 될 경화역이나 로망스 거리를 다 둘러보시구, 꽃을 더 즐겨야겠다고 하시는 분은 꼭 가 보세유우."

관광객들은 주차한 버스 앞쪽에 있는 식당으로 걸어갔다.

"얼릉얼릉 앉으세유. 혼자 오신 분들은 어쩔 수 없이 다른 분들과 같이 식사해야 하니께 이해해 주서. 네 명이 한 식탁에 같이 앉아야 하니, 좀 불편하지만 협조 부탁해유?"

숙희와 원피스, 그리고 어림잡아 육십 대 후반쯤으로 보이는 부부가 같은 식탁에 자리 잡았다.

"아까 중간에서 타셨죠?"

"…. 예. 죽전에서."

부부 중 남편이 말을 건네자, 숙희가 잠시 뜸을 들이다 대답했다.

"그러시군요. 저흰 부붑니다. 목동에 사는데 가끔 이렇게 같이 여행을 다녀요. 나이 먹고 나니 여행이 참 좋더라고요."

남편이 자기 아내를 힐끔 쳐다보았다. 몸집이 푸근하고 사람 좋아 보이는 남편과 달리, 마른 체형의 아내는 머리를 조금 숙이며 인사를 했다. 똑 단발로 귀밑까지 늘어뜨린 머리는 염색을 한 것 같았다.

원피스도 어색하게 머리를 숙였다. 그녀는 굽이 낮은 운동화를 신고 있었는데 버스에서 내려서 보니 통 넓은 검은 원피스로 감춰진 몸태가 제법 통통했다.

"전 A대 교숩니다."

남편은 자신의 명함을 안쪽 주머니에서 꺼내더니 숙희와 원피스에게 내밀었다. 흰색 바탕에 검은색 한문으로 쓰인 명함에는 A대 명예교수라는 직함과 이름이 있었다.

"지금은 나이가 많아서 현역에서는 은퇴했습니다만, 가끔 강의는 하고 있습니다."

교수는 누가 물어보기라도 한 듯 거침없이 자신을 소개하였다. 아내는 남편의 말에 약간 불안한 표정을 하며 남편의 수저를 챙기고 있었다.

"너무 젊게 보이는데요. 오십 대라 해도 믿겠어요."

숙희가 예의를 차리느라 교수를 살짝 띄워 줬다.

"아이고, 뭐. 오십 대라고요? 하하하. 제가 말이에요. 젊게 보인다는 말은 제자들에게 많이 듣고 있지마는. 하하하. 아. 참. 같이 술 한잔 어때요?"

교수는 기분이 좋은지 큰 소리로 웃었다. 옆에 있는 아내는 미간을 약간 찌푸리며 그를 쳐다보았다.

"술은 무슨."

들릴 듯 말 듯 교수 아내가 말했다.

"하하하. 근데 아주머니와 여기 젊은 분은 어떤 일을 하세요?"

교수는 숙희와 원피스를 번갈아 쳐다봤다.

"예. 전 그냥 집에…. 젊었을 때는 직장에 다녔었는데 아이들 때문에."

교수의 질문에 숙희는 말을 더듬거렸다.

"그럼요. 그럼요. 아이들은 엄마가 교육하고 키워야죠. 이게 굉장히 중요한 겁니다. 하하하. 제가 말이에요. 은퇴 후에는 이 자녀 교육에 관심이 많아졌어요. 비록 미국에서 다른 분야로 학위를 따고, 교수 생활을 했지만요. 요즘 우리 아이들 말이에요. 교육이 잘못되고 있어요. 이거 참 큰일 아닙니까? 인성교육이 무엇보다 중요한데. 안그래요?"

교수가 숙희를 빤히 쳐다보았다. 마치 그녀의 동의를 반드시 구하고야 말겠다는 듯이.

"여보. 얼른 식사하세요."

교수의 말을 끊은 아내가 국그릇을 그에게 빠르게 들이밀었다.

"응? 하하하. 그렇지 않나요? 그런데 아주머…. 아. 아니지. 아가씨지. 하하하."

교수가 이번에는 원피스 쪽으로 눈길을 옮기고 있었다.

"여보!"

그의 아내가 교수의 옆구리를 찔렀다.

"…."

원피스의 귀밑이 붉어지는 게 보였다.

"그만하시고 식사부터 하세요. 이이가 전에는 그렇지 않았는데 퇴직하고 나서부턴 이렇게 주책이야. 사람만 만나면 술을 마시고 말이 많아지고."

아내가 민망한 듯 원피스와 숙희에게 머리를 약간 숙였다.

"아…. 예. 하하하."

교수는 입에서 반찬 찌꺼기를 밖으로 튀겨 가며 웃었다. 갈비찜에 소주를 몇 잔 마신 교수가 과한 제스처를 하는 바람에 상 위에 놓여 있던 젓가락이 손에 걸려 식탁 아래로 떨어졌다. 탁자 위에 내려놓은 그의 소주잔에 갈비찜에서 나온 듯한 고춧가루와 번들거리는 기름이 잔뜩 묻어 있었다.

숙희가 옆에서 깨작거리며 밥을 먹고 있는 원피스가 맘에 쓰여 갈비와 나물 반찬 그릇을 그녀 앞으로 밀어 주었다.

"됐습니다. 제가 알아서 먹겠습니다."

원피스가 반찬 그릇을 다시 원래의 위치로 옮겨 놓으며 말했다. 그녀는 얼굴을 약간 찌푸리며 대각선 건너편에 앉아 있는 교수를 곁눈질로 쳐다보더니, 숟가락을 쥐고 있던 오른손으로 입을 가리며 헛구역질하였다. 그녀는 이내 젓가락마저 식탁 위에 내려놓았다. 숙희가 걱정스러운 눈으로 그녀를 쳐다보았다. 그러나 교수는 아랑곳하지 않고 소주를 입안으로 털어 넣었다.

식당의 텔레비전에서는 신갈에서 출발할 때, 버스 안에서 보았던 대기권 바깥을 비행 중인 제임스웹 망원경과 바이든 대통령이 우주에서 찍은 은하단 사진을 소개하는 장면을 재방송하고 있었다.

"용골자리 성운은 별들의 요람으로 불리죠."

교수 아내가 뉴스에서 눈길을 거두면서 말했다.

"너무 아름다워요."

숙희가 웃으며 그녀를 쳐다봤다. 가스와 먼지가 섞여 거대한 구름 산맥처럼 보이는 사진에는 여기저기 반짝이는 빛들을 품고 있었다.

"그렇죠? 산맥에서 피어오르는 것처럼 보이는 뭉실한 기체가 보이죠? 저게 이온 가스와 성운에서 내뿜는 우주 먼지…."

"하하하. 사실은 말이에요. 이 사람이 천체물리학을 전공했어요."

연신 소주잔을 비우던 교수가 갑자기 끼어들었다.

"학위를 따고 나서 나만 한국에 들어오고, 아이들 교육 때문에 집사람은 미국에 그냥 남아 애들 뒷바라지를 했지요. 끅. 여자라서 엄마라서 아까운 재능을 썩혔어요. 하하하. 갑자기 미안해지네. 끅."

"여보. 이제 술 그만."

아내가 술잔을 들고 있는 남편의 팔을 조용히 잡았다.

"우주 절벽이라고 불리기도 해요. 연구자들 사이에서. 자세히 보면 그렇게 보이지요? 제임스웹 망원경 덕분에 저런 심우주도 이제 짧은 시간에 찍을 수 있죠."

"네, 전 별들의 요람이란 표현이 참 재미있어요."

숙희가 머리를 끄덕였다.

"저런 곳에서 별이 탄생해요. 가스와 먼지 속에서. 아기별이죠. 처음에는 가스와 먼지로 둘러싸여 잘 보이지 않아요."

이제 원피스도 머리를 바르게 세우고 호기심 가득한 눈길로 교수 아내의 말을 듣고 있었다. 교수 아내가 눈길을 원피스에게 옮겼다.

"아기별이 가스와 먼지를 계속 끌어들이고 뭉쳐진 것이 커지면 중심 부분의 온도가 점점 올라가고, 그러면 수소가 헬륨으로 바뀌죠. 이게 핵융합이라는 거예요. 그리고 여러 과정을 거쳐서 아기별이 적색거성이나 초거성으로 성장하고요."

"신기해요. 핵융합이라 하셨나요? 나중에 그걸 못 하면 어떻게 돼요?"

숙희가 걱정스러운 눈길을 던졌다.

"별이 더 이상 핵융합을 일으키지 못하면 중심핵이 급격히 수축해요. 그리고 백색왜성이나 중성자별 그리고 알고 계시죠? 블랙홀 같은 것으로 진행되면서 생명이 끝나요."

"그래요? 사람과 비슷하네요."

"그런가요? 뭐 이런 생성과 소멸의 과정에서 생기는 원소를 가지고 우리 사람이 탄생한 것으로 알려져 있죠. 태양에서 지구가 떨어져 나와 수십억 년을 지나면서 박테리아에서 새로운 생명이 태어났고요. 또 한참을 지나 물속의 어류가 육지로 기어올라 진화를 거듭해서 사람이 되었다고 하지요."

교수 아내는 입가에 미소를 머금고 있었다.

"창백한 푸른 점. 그 사진 본 적 있나요?"

"아! 네. 본 적 있어요. 결혼 전, 아가씨 때요. 책도 읽어 본 것 같아요. 책 저자분이 잘생기고 워낙 유명한 분이라."

숙희가 뿌듯한 표정으로 말했다.

"그렇죠? 우주선이 지구에서 수십억 킬로미터 떨어진 지점을 지나갈 때 찍어서 송신했던 지구 사진이에요. 먼지처럼 작은. 너무 작아서 잘 보이지도 않는 지구요. 그곳에서 우리 인간, 호모 사피엔스 생명체가 살고 있는 거죠."

점심 후, 많은 관광객이 경화역으로 걸어 올라갔다. 간이역사의 중간으로 철길이 쭉 뻗어 있었다. 철길을 받치는 침목이 일정한 간격으로 놓였는데, 그 바깥으로는 자갈길이 넓게 펼쳐져 있었다. 중간중간에 국화빵이나 호떡 등을 파는 매점이 있었고, 공연장으로 만들어진 약간 높은 무대 위에서 가수가 노래를 부르고 있었다. 얼굴을 보니 낯이 익었다.

"하늘이 내 이름을 부르는 그날까지 순하고 아름답게 오늘을 살아야 해. 정열과 욕망 속에 지쳐 버린 나그네야."

가수가 저 노래를 부를 때, 숙희가 갓 여고를 졸업하고 직장생활을 시작할 그즈음인 것 같았다. 숙희는 한참을 자리에서 떠나지 못하고 그를 쳐다보고 있었다.

"좋아했던 가순가 보죠?"

교수 아내가 숙희에게 물었다.

"예. 파초라는 노래를 참 좋아했어요. 혹시 아세요?"

"그럼요. 알죠. 쌍둥이 가순데, 아마 동생이 건강이 좋지 않아 같이 활동을 못 할 거예요, 지금."

교수 아내가 말을 이었다. 그녀는 자신의 기억을 확신에 찬 듯 또박또박 말했다. 그녀는 검은 뿔테 안경을 한 손으로 치켜세우며 차분히 자갈길을 걷기 시작했다. 길옆으로 늘어선 나무에는 민망할 정도로 벚꽃들이 듬성듬성 붙어 있었지만, 나무들은 끝이 안 보이게 양쪽 길가로 늘어서 있었다.

그녀들을 조금 뒤따라 걷던 교수는 자갈길에 발을 헛디디며 비틀거렸다. 아내는 그런 남편을 불안한 듯 뒤돌아보다 다가가 남편의 팔을 붙잡았다. 그러나 남편은 창피한 듯 얼른 자기 팔을 휘둘러 빼냈다.

철길 끝자락에는 도로로 내려가는 길이 있었다. 경화역이 언덕에 있어 도로로 내려가는 길은 계단으로 만들어 놓았지만 성질 급한 젊은 남자아이들은 미처 철길 끝까지 가지도 않고 중간쯤에서 도로로 훌쩍 뛰어내렸다.

"아이쿠!"

먼저 계단을 통해서 길가로 내려온 숙희와 교수 아내가 비명이 나는 쪽을 바라보았다. 젊은 남자아이들 몇이 누군가에게 재빨리 달려가는 모습이 보였다.

비명을 지른 사람은 교수였다. 몇 바퀴 땅 위를 구른 그는 길가 한구석에 처박혔다. 정신이 없는 듯 젊은 아이들이 부축해도 멍하니 앉아 있었다. 안경은 벗겨져 저 아래 땅바닥으로 굴러떨어졌고 몇 가닥 남은 머리에는 잡풀이며 흙이 잔뜩 묻었다. 그리고 왼쪽 광대뼈가 땅바닥에 부딪혔는지 벌건 피가 피부 아래서 서서히 배어나오고 있었다.

"에이씨. 이까짓 거. 옛날에는 아무것도 아니었는데."

교수는 놀라서 달려온 아내에게 계면쩍은 표정을 지으며 중얼거렸다. 교수 아내는 걱정스러운 표정을 지으며 남편을 일으켜 세웠다.

"여기 약국이 어디 있지?"

숙희가 주위를 둘러보며 약국을 찾았다. 길 건너에 약국표시 간판이 보였다.

진해역 앞 도로의 반은 차량이 통제되고 있었다. 그 길 위로 하얀색의 제복을 입은 사관생도들이 앞장을 서고 붉은 바탕의 제복에 세로로 황금색 라인이 깊이 새겨진 군악대 대열이 라데츠키 행진곡을 연주하고 있었다. 길가에는 많은 사람이 그들을 구경하고 있었는데 또래 생도들의 행진에 여자애들이 환호성을 질렀다. 의장대는 연속적으로 소총을 공중으로 던져 올렸다. 그리고 소총을 손위에서 자유자재로 돌렸는데 그때마다 감탄사가 군중 속에서 터져 나왔다.

길가를 걷던 숙희는 주위를 살펴보았다. 조금 전, 같이 걸어왔던 교수 부부와 원피스는 많은 사람 속에 섞여서 보이지 않았다. 그녀는 천천히 진해역 앞 길가로 나왔다. 진해역 앞에는 해군사관학교로 가는 셔틀이 있을 터였다.

셔틀버스는 해군사관학교 정문을 통과하여 제법 안쪽까지 들어갔다. 학교 중간쯤에 이르자, 더는 들어가지 못하도록 도로 중간에 바리케이드를 쳐 놓았다. 그 앞에서 사람들을 부려놓고 버스는 다시 유턴으로 돌아 학교 정문 쪽으로 달려 나갔다.

오후의 교정은 고즈넉하였다. 도로에서 바닷가까지는 파란 잔디가 잘 정렬되어 이국적인 느낌을 주었다. 숙희는 천천히 바닷가로 걸음을 옮겼다. 바닥에는 하얀 벚꽃잎이 떨어져 잔디 위를 뒤덮고 있었는데 마치 눈 위를 걷는 것 같았다. 떨어진 벚꽃을 밟는 소리가 사그락사그락 하고 들렸다. 벚꽃 향기와 비릿한 바다 특유의 냄새가 섞여 왔다. 바닷바람이 숙희의 머리칼을 흔들었고 그녀는 숨을 크게 들이마셨다. 늦은 오후 햇살이지만 따뜻했다. 파도에 반사되어 날아온 햇빛에 눈이 부셨다. 멀리 생도인 듯한 남자와 여자 친구가 손을 잡고 바닷가를 천천히 거닐고 있었다.

숙희는 바다를 뒤로하며 몸을 돌렸다. 저 멀리 학교 뒷산 기슭이 보였다. 그녀는 천천히 학교 뒷산 쪽으로 걷기 시작했다. 바람이 불어와 숙희의 외투를 파고들었다.

숙희는 외관이 바랜 건물 쪽으로 발길을 옮겼는데 그 앞으로 잘 가꾸어진 잔디와 너른 마당이 펼쳐졌다. 건물 옆을 따라 조그만 길이 산기슭을 향하여 이어지고 숲이 점점 우거지고 있었다. 멀리서 뱃고

동 소리가 붕 하고 들렸다. 우거진 숲을 지나자, 저 멀리 산기슭에 흰 솜을 뿌려 놓은 듯한 모습이 천천히 드러났다.

벚꽃 무리였다. 멀리서 봐도 시내와 확연히 다르게 꽃이 원형 그대로 살아 있었다. 촘촘히 망울이 맺혀 있는 모습이 멀리서도 선명하였다. 지난밤 매섭게 불어 댄 바람이 아직 이곳은 침투하지 못한 것이 분명했다. 숙희의 발걸음이 빨라졌다. 다가갈수록 하얀 솜 덩어리가 하나하나 선명한 개별 꽃망울로 변해갔다. 줄기와 가지는 보이지 않고, 나무 전체가 온통 꽃망울로 뭉쳐진 하얀 드레스를 입고 있는 신부 같았다.

숙희를 품고 있는 산기슭 전체가 온통 하얀색 칠갑이었다. 하얀색 물감으로 도배를 했다는 것이 어울릴 것 같았다. 숙희가 위를 올려다보았지만, 하늘은 보이지 않고 온통 꽃잎만 보였다. 하나하나의 꽃잎에서 물이 뚝뚝 떨어져 온몸이 하얗게 변해 버리는 것 같았다.

아직 스무 살이 채 되지 않은 것 같은 앳된 여자 셋이 깔깔거리며 사진을 찍고 있었다. 셋 전부 핑크빛이 감도는 베이지색 프렌치 코트를 맞춰서 입었는데 어디서 본 듯한 익숙한 모습이었다.

혜영이하고 또 누구였더라?

나머지 한 친구 이름은 통 생각이 나질 않았다. 여고 때, 친구였는데. 숙희는 그 자리에 잠시 서서 여자아이들의 발랄한 모습을 한동안 쳐다보았다. 코트 허리를 잘록하게 조여 매고 노루처럼 뛰어다니는 그녀들의 모습을.

위쪽으로 올라갈수록 사람들이 거의 없었다. 꽃 덩어리가 끝나는 지점에서 약간의 경사가 있는 언덕이 연이어 붙었다. 낑낑거리며 그 위에 올라서자, 저 아래로 꽃 덩어리들이 뭉게구름이 되어 흐드러지게 펼쳐져 있고 그 너머 멀리 짙푸른 바다가 보였다. 바다와 해는 서로를 조금씩 잡아당기고 있었다. 노을은 옅은 빛으로 뭉게구름 위에 올라앉았다.

나도 저 뭉게구름 날개옷 입고 선녀처럼 다시 하늘로 날아오를 거야!

숙희는 서서히 붉어져 가는 하늘을 쳐다보았다.

"어떻게? 어떻게 이럴 수가 있어!"

그때, 아래쪽에서 격한 말소리가 들려왔다. 조금 익숙한 목소리와 말투에 숙희는 소리 방향을 따라 눈길을 옮겼다. 언덕 아래 꽃 덩어리들 사이로 원피스의 검은색이 흘깃 보였다. 나무 벤치에 앉아 누군가와 통화를 하는 원피스의 두툼한 등이 보였다.

"…"

더는 소리가 들리지 않았다.

"개자식!"

다시 원피스의 격한 목소리가 들려왔고 원피스는 배를 움켜쥐었다. 놀란 숙희가 언덕 아래로 뛰어내려갔다. 벤치 위에서 상체를 숙이고 있는 원피스의 두 다리 사이로 갈색이 약간 섞인 뿌연 액체 같은 게 레깅스에 젖어내리는 게 보였다.

설마… 양수?

다급한 무엇이 숙희의 뇌리를 스쳤다. 그리고 급하게 '119'라는 숫자를 휴대전화기에 입력했다. 또 원피스가 식당에서 밥을 제대로 먹지 못하고 구역질하던 모습과 나이에 어울리지 않는 둔중한 그녀의 몸태가 다시 한번 상기되었다.

구급차를 타고 병원으로 오던 중, 숙희가 원피스에게 가족에게 연락해야 하지 않냐고 물었다. 원피스는 통증으로 얼굴을 일그러뜨린 채 뭐라고 대답했지만, 구급차의 다급한 신호음에 묻혀 아무 소리도 들리지 않았다.

근처의 병원에서 원피스는 건강한 아이를 낳았다. '엄마가 옆에 있었기 망정이지 조금만 늦었으면 큰일 날 뻔했습니다.'라고 의사는 숙희에게 말했다.

"아무도 오지 않아요."

"…."

"죄송해요. 정말."

원피스의 말을 듣고 숙희는 가족이 오지 않아서 죄송한지, 자신을 이런 일에 엮이게 해서 그런지 헷갈렸다. 근처 산부인과로 급히 옮겨진 원피스가 병실에 도착하자 울먹이며 숙희에게 말했었다.

"…. 같이 있어 주시면…. 죄송합니다."

출산 후, 산모실로 옮겨진 원피스가 숙희를 힘없이 올려다보았다.

숙희가 곽옥자에게 전화했다.

"그러니께. 오늘 같이 못 올라간다는 말씀이쥬?"

곽옥자는 대뜸 숙희에게 오늘 귀경 여부부터 물었고, 허를 찔린 숙희가 뭔가에 떠밀리듯 그래야 할 것 같다고 말해 버렸다. 숙희는 곽옥자가 산모와 아이의 건강부터 물어볼 것으로 예상했지만 그 예상이 보기 좋게 빗나가자, 얼떨결에 대답해 버린 것이었다.

아이를 낳은 지 조금 지나자, 간호사가 하얀 속싸개에 싸인 아이를 산모실로 데려다주었다.

"배내똥을 눌 때까지 분유를 먹이시면 안 됩니다. 할머니."

아이를 데려다주던 간호사가 방을 나가면서 숙희에게 당부했다. '할머니'라는 말에 숙희는 어깨를 움찔했다.

아이를 내려다보았다. 아이는 가끔 눈을 뜨지만, 천장 형광등이 눈에 부신 듯 이내 눈을 감았다. 발그레한 이마 위에 뽀얀 솜털이 보였다. 원피스는 옆에 누운 아이를 반복적으로 쳐다보고 있었다.

바깥에는 어둠이 짙게 내려와 사방으로 퍼졌다. 숙희는 며칠 밤낮이 빠르게 지난 것 같았다. 화장실로 가는 복도 바깥에는 벚나무가 어둠 속에서 하얀 꽃을 매달고 섰다. 앙상한 꽃송이. 대부분 꽃잎은 나무 아래에 떨어지고, 떨어진 꽃잎은 흙더미에 파묻혀 생기를 잃어 가고 있었다. 숙희는 그 모습을 무심히 바라보았다. 까만 밤하늘에 는 별들이 쏟아져 내렸다.

숙희는 별이 가득한 밤하늘을 올려다보았다.

"별은 마지막에 초신성으로 폭발해요. 보통의 별보다 1만 배 더 빛을 내죠. 너무 아름답지요?"

교수 아내가 핸드폰으로 보여 준 사진 속에서 초신성은 가스구름과 형형색색의 먼지가 팽창하는 모습으로 생존의 마지막 단계를 지나고 있었다. 제임스웹이 남쪽 고리 성운을 찍은 사진이었는데, 별이 수명을 다하기 전 그의 외피를 우주공간으로 강하게 방출하고 있었다. 이렇게 밀려난 가스와 먼지는 새로 탄생하는 아기별들의 재료가 될 것이다.

'나도 이렇게 아름답게 끝났으면 좋겠어요.'라고 하던 그녀의 담담한 목소리가 생각났다. 그리고 그녀는 '수천 광년 떨어진 저 캄캄한 우주 공간에서 사라진 원소들이 지금 이 창백한 지구 위에서 서로 얽혀 있을지도 몰라요.'라고도 했었다.

알 듯 모를 듯한 그녀의 말은 술에 취해 말끝이 심하게 허물어지는 남편의 두서없이 내뱉는 주정과 섞여 기묘한 분위기를 자아냈다. 사라진다는 것과 생성되고 존재한다는 것이 애초에 서로 분리된 것이 아닌 연결된 상태라는 말은 숙희를 점점 더 미궁 속으로 몰아세우는 것 같았다.

그녀는 조곤조곤한 말투로 계속했다.

"이건 서로를 연결하는 상호관계로 얽혀 있단 거예요. 아무리 멀리 떨어져 있거나 가까이 있어도 상관하지 않는 중첩과 얽힘으로 말이에요. 우리가 서로를 인지하는 한 말이에요. 우리 인간의 머리로는 이해하기 힘든 동화나 전설 같은 현상이지만, 참 묘하지 않아요?"

산모실 방문을 열자마자, 자지러지듯 아이 울음소리가 달려들었다.

"배가 고픈가 봐요."

원피스가 아기를 안고 어쩔 줄 몰라 했다. 미안함과 아이의 힘찬 울음소리에 대한 엄마의 당혹감이 뒤엉킨 표정이었다.

"아기가 엄마 배 밖으로 나오려고 애쓸 때는 가끔 자기가 싸 놓은 배내똥을 먹기도 해. 한 생명이 살려고 몸부림을 치는 중이거든. 이럴 때는 분유를 잠깐 안 먹이는 게 좋아. 그래도 배고프다고 자꾸 보채면 그럴 때는 미지근한 보리차를 먹이면 되지."

숙희는 원피스에게 마치 딸에게 가르치듯 말했다. 숙희는 아이의 입가를 깨끗한 손수건으로 닦아낸 다음, 보리차가 든 젖병을 살며시 입에 물렸다. 부드러운 젖꼭지가 입에 닿자, 아이는 허겁지겁 젖꼭지를 빨아들였다.

들고 있던 젖병이 자신의 손아귀에서 쑥 빠져나가는 느낌에 숙희는 온몸에 소름이 돋았다. 힘차게 들어왔다 나갔다 흔들리는 젖병의 움직임을 그녀는 깊게 느끼고 있었다. 이 작은 호모 사피엔스는 배를 채우느라 급한 숨을 가늘게 몰아쉬고 있었다. 그때, 젖병을 쥔 숙희의 오른손을 압박하는 어떤 힘이 느껴졌다. 보리차를 허겁지겁 빨아대던 아이가 젖병을 들고 있는 숙희의 오른손 엄지와 새끼손가락을 자신의 작은 두 손으로 단단히 움켜쥐고 있었다.

여리지만 끈질긴 힘이었다. 이제 갓 탄생한 이 작은 아기별은 에너지를 끊임없이 끊임없이 잡아당기고 있었다.

지켜보던 숙희의 두 눈에서는 투명한 액체가 그렁그렁하더니, 이내 줄줄 흘러내리기 시작했다. 끝.

코엑스에서

굵고 낮은 목소리가 흘러나왔다.

출발을 알리는 건조한 목소리였다. 억양이 내려가며 끝이 툭 끊어지는 말투에 남자는 마음이 급해졌다.

"네."

남자는 습관적으로 왼쪽 손으로 무선 이어폰을 감쌌다.

"브이아이피 출발. 섹터별 최종보고."

남자의 목소리가 약간 흔들렸다. 그는 소리가 목젖 안쪽으로 기어들어가는 걸 억지로 밀어 올리려고 노력했다. 잔뜩 힘이 들어가 좁혀진 목구멍 사이로 쉰 바람이 새어나왔다. 행사장 로비에 서 있는 자기 모습이 대리석 벽에 비쳐 보였다. 통유리창으로 비쳐 드는 햇살에 묻혀 몸이 벽면 위에서 울렁울렁하며 흐느적거렸다.

행사장 입구는 사람들로 붐볐다. 검색대를 통과하고 있는 사람들의 얼굴을 뚫어져라 살피고 있는 젊은 여자 모습이 보였다. 한번은 모니터 위 또 한번은 입장객의 얼굴에 번갈아 꽂는 그녀의 눈길이 어지러웠다. 작년에 입사한 친군데. 남자는 처음 그녀가 여기저기 인사 다니던 때의 모습이 기억났다. 꽁지머리를 하고 잔뜩 긴장한 눈동자를 이리저리 굴리는 모습이 귀여웠었다.

"외곽. 전기실…. 내 말 들리지?"

약간 짜증 섞인 목소리라는 느낌이 말하고 있는 자신에게도 와 닿았다. '내 말 들리지?'라는 말을 오늘따라 유난히 반복한다고 생각했다.

남자는 양복 안주머니에서 약통을 찾아냈다. 손끝에 잡히는 하얀 플라스틱 통의 감촉이 차가웠다. 남자는 뒤를 돌아서 화장실로 들어갔다. 알약 하나를 꺼내 입안으로 빠르게 밀어 넣었다.

"빨리! 빨리! 빨리!"

화장실을 빠르게 걸어나오면서 남자의 목소리가 흥분한 듯 톤이 약간 높아졌다. 남자는 약기운이 조금씩 전신으로 퍼져 나간다고 느꼈다. 바닥이 미끄럽다고 생각했다. 그러나 실제 미끄러운 건지, 그렇다고 느끼는 건지, 그 경계가 모호했다.

흐흠.

누군가 귀 가까이에 있는 것 같았다. 지금. 그러니까 잿빛 참새 한 마리가 남자의 오른쪽 귓불 아래 가만히 부리를 들이대고 있는 것 같았다. 그것의 미약한 숨결이 느껴지는 듯 목덜미가 간질간질했다. 깃털이 빠져 듬성듬성하고 그래서 비에 젖은 듯 보이는 작은 몸집의 존재.

"이상 무."

외곽 요원의 목소리가 흘러나왔다.

"…."

남자가 바로 응답을 못 하자, 약간 어색한 기운이 보이지 않는 공간을 스치고 지나갔다. 이 분위기를 빨리 눌러야 한다고 생각하자, 남자의 마음이 다급해졌다.

"이상 무."

"정신 차려!"

남자는 전기실을 맡은 요원의 보고엔 즉각 소리를 질렀다. 재작년인가 실수로 전원을 내리는 바람에 브이아이피 연설 도중 난리를 피운 적이 있는 친구였다. 공채가 아닌 특채로, 충원된 지 몇 년 된 친구였는데 예상되는 조잡한 시나리오처럼 가까운 친척 중에 고위 정치인이 있다는 소문이 파다하게 퍼져 있었다.

"과장님. 오늘 노조 애들 집회 소식 있습니다. 건너편입니다, 장소가."

실무관의 메마른 목소리가 파고들어 왔다.

"알고 있어. 에이. 그 새끼들 하필 여기서."

남자는 약간 정신이 멍해졌다. 그리고 가슴 한복판이 아스라이 저려 옴을 느꼈다. 남자는 회랑식 복도를 지나 건물 입구 쪽으로 천천히 걸어나갔다. 복도를 지나는 중간에 우측으로는 크고 작은 방들이 이어져 있었고 그중 중간 크기의 방 앞에는 '2000년 대비 Y2K 문제 대응 세'라는 플래카드가 문 위쪽으로 붙어 있었다. 남자는 지금의 컴퓨터는 연도를 표시할 때, 마지막 두 자리로만 설계하는 바람에

2000년이 되면 심각한 문제가 발생할 수 있다는 뉴스가 생각났다.

그런데 플래카드를 고정하는 오른쪽 박음질이 풀어져 맥없이 축 늘어져 있었다. 마지막 단어가 온전히 보이지 않았다. 남자는 '코앞으로 다가온 2000년을 대비하여 Y2K 문제 대응을 어떻게 한다는 말인가?' 하고 잠깐 생각하며 고개를 갸웃했다. '세차게' 한다는 것인지, '세밀하게' 한다는 것인지, 머릿속에서 낱말 맞추기를 하다 결국 '세미나'라는 단어가 틀림없다고 확신했다.

입구 쪽에는 거대한 통유리 벽들이 병풍처럼 늘어져 있고 그 너머로 푸른 가을 하늘이 유리에 굴절되어 보였다. 그 아래로는 도로까지 넓은 공간이 펼쳐져 있었다. 광장 끝에는 잎사귀가 넓은 플라타너스가 길가에 천천히 낙엽을 떨어뜨리고 있었다.

왼쪽 대각선 방향으로 멀리 보이는 인도 위에는 똑같은 색의 재킷을 입은 여고생 한 무리가 재잘거리며 지나가고 한쪽 구석에는 양복을 입은 젊은 사내 서넛이 쓰레기통을 가운데 두고 담배를 피우고 있었다. 그들 중 한 명은 쉼 없이 한쪽 다리를 달달거렸고 가끔 침을 찍하고 바닥에 뱉었다.

건물 입구 쪽 광장에 접해 있는 도로 가에는 무릎 근처까지 오는 긴 장화를 신은 푸른색 제복의 경찰 한 무리가 보였다. 그들은 허리에 권총을 차고 있었는데, 하나같이 아래로 축 늘어졌다.

남자가 건물 입구 문 앞에 멈춰서 심호흡을 한 번 했다. 심장의 맥박이 점차 빨라지기 시작하였다. 남자는 얼굴이 약간 상기되어 옴을 느끼며 광장 속으로 걸음을 옮겼다. 검은 양복을 입은 사내들이 우르르 그에게 달려왔다.

"교통 통제해."

"네!"

광장 끝부분에 붙은 인도 중간에는 시커먼 맨홀 뚜껑을 내려다보는 노란색 조끼 입은 사람들이 몇몇 보였다. 남자가 아침 이곳 현장에 들어올 때, 맨홀 안에서 기어나오던 흰머리가 듬성듬성한 사내도 무리 속에 포함되어 있었다.

"한남대교."

'뭐가 이리 빨라?' 하고 생각하며 남자는 광장 중앙으로 나왔다. 가슴이 점점 더 세게 방망이질하기 시작했다. 남자는 주위를 한 번 휘둘러보았다. 코엑스와 연이은 아셈 타워, 건너편 한국전력공사 건물 위와 그 옆 자동차 전시장이 딸린 상가 건물, 오른쪽으론 현대 백화점과 인터콘티넨탈 호텔 건물 뒷부분이 보였다.

"저격수! 정위치!"

남자는 머리를 들어 주위 건물 옥상을 쭉 둘러보았다. 그러나 갑자기 현기증이 일어 잠시 그 자리에서 멈춰 섰다. 그러나 머릿속은 계속 원을 그리며 빙글빙글 돌아갔다.

"이번 작전이 마지막일 것 같아."

강 대령은 급하게 자신의 빈 잔에 소주를 따랐다. 그리고 건너편 남자의 잔을 확인한 후 말을 이었다.

"또 시작이네. 아니 20년이 다 되어 가는 현역 때 일을 가지고 이제 와서 뭘 어쩌라고?"

"그 얘긴 다 끝난 얘기 아닙니까?"

"끝나긴. 실장 그 양반, 이게 벌써 몇 번째야?"

"결재가 올라가고 있어요?"

"응."

이전에, 경호실이 현역 군인들로만 운영되던 적이 있었다. 선발된 조직이었다. 강 대령과 남자는 젊은 시절부터 같은 부대에서 생활해왔다. 그 후, 위험한 작전을 수행한 경력과 남다른 전투력으로 경호실에 선발되었었다.

하지만 정부가 바뀌고 세상이 조금씩 변해 이전 조직은 사라졌다. 현역 군인 중 일부는 민간인으로 신분을 바꾸었고, 새로이 인력을 채용하는 등 경호실 조직원의 구성이 다양해졌다. 처음에는 시간이 흐르면 자연스럽게 정리가 되려니 했지만, 출신과 성분이 서로 다른 조직원들 사이에서 이질성이 조금씩 드러나기 시작하였고 이를 근거로 조직 체계를 근본적으로 개편해야 한다는 의견들이 계속해서 수면 위로 올라왔다.

그런 와중에 군인 신분이었던 오래전 경력을 문제 삼아 남자와 강 대령 등이 속한 특정 그룹을 공격하는 일이 벌어졌다. 조직 내 권력

투쟁의 속성상, 누군가 그런 갈등을 의도했을 것이고 또 이런 일은 은밀하게 진행되었다.

실장 아래로는 수행하는 사업의 성격에 따라 여러 개의 처가 있었는데 그중 하나의 처장이 지금 남자의 직속상관인 강 대령이었다.

"휴…. 더 이상 버티기가."

"…."

"요즘 세상엔 우리 같은 것들이야 족보도 없는 잡것들이지. 성골 진골도 수두룩한데."

단번에 비운 술잔을 던지듯 테이블 위로 내려놓았다. 그는 쓴 소주에 미간을 잔뜩 찌푸리며 오이 한 조각에 고추장을 잔뜩 발라 입안으로 밀어 넣고 우적우적 씹기 시작하였다. 벌건 고추장이 묻은 하얀 이가 문득문득 입술 사이로 드러났다.

"넌 요새 좀 어때?"

"…."

"약을 점점 더 많이 하는 거 같은데."

"아닙니다."

"천하의 27이 그게 뭐냐? 인마."

27은 과거 현역 군인들로만 경호실을 운영하던 때의 부대 명칭이었다.

"이제 늙었나 봅니다."

"그만하고 들어와. 아무리 생각해 봐도 보직을 바꾸는 게…."

"평생 길바닥서 총질하며 살아온 놈이 사무실에 앉아서 뭘 합니까? 볼펜 총이라도 쏠까요?"

남자가 치고 들어갔다.

"다른 데는?"

"… "

"다른 조직 말이야. 마음엔 안 들어도, 너도 이제 나이가 있잖아."

"거기선들 뭐하겠습니까? 차라리 이번에 형님 따라 옷을 벗는 게."

"무슨 소리야. 인마. 넌 어머님이 아직 병원에 계시잖아. 가진 거 하나 없는 놈이."

"… "

"그리고 너. 점점 더 심해지는 거 같은데. 아직 현장에 있는 것도 그렇고. 혹 다른 놈들이 알기라도 하면. 안 그래도 우릴 못 잡아먹어 눈이 벌게져 있는데. 아니. 눈치 빠른 놈들은 벌써 위로 보고를 했을지도 몰라."

"네?"

"안 그래도 현역 때 그 일 때문에 우리가 계속 코너에 몰려온 건 너도 잘 알잖아."

"씨발. 총알 날아오면 제일 먼저 튈 새끼들이. 가고 싶어 갔나? 군바리가 명령 따르는데."

남자가 어금니를 악물었다.

"야! 그만!"

"죄송합니다. 멍청한 새끼 하나 때문에."

"무슨 소리야? 인마."

"…. 그래도 다행인 게 형님은 멀쩡하네요."

"참 웃기는 게 이런 것도 사람마다 달라."

"…."

"아무래도 네가 나보다는 현장에 더 가까이 있어 그런가? 무슨 병이 젊고 힘 있을 때는 괜찮다가 힘 빠지면 스멀스멀 기어나오고. 광장공폰가 뭔가. 참."

모터케이드 행렬을 지으며 경기고 언덕을 내려오던 검은 세단 여러 대가 코엑스 건물 입구 도로변에 멈추었다. 저 멀리 하늘 위로는 헬기가 천천히 다가오고 있었다. 세단 앞으로는 여러 대의 경찰 사이드카가 줄지어 있고 바로 뒤에는 호위 차량이 연이어 도로 가에 정차했다.

제일 앞쪽 세단에서 낯이 익은 검은 정장의 사내들이 우르르 튀어나왔다. 검은 안경을 쓴 그들은 도로와 광장 쪽으로 퍼져 자신의 경계 구역에 눈길을 꽂았다. 선글라스 안에서 이리저리 휘둘리는 그들의 눈알이 보이는 듯 했다. 중간쯤에서 강 대령이 문을 열고 나왔다. 그는 양복 앞섶을 여미며 날카로운 눈빛으로 주위를 훑어보다 바로 뒤에 따라붙은 세단으로 다가갔다. 후미에서 따라오던 차량의 사이

드스텝 위에 서 있던 남자들도 일제히 도로 위로 뛰어내렸다.

강 대령이 천천히 뒷문을 열자, 노년의 남자가 허리를 펴며 천천히 나왔다. 그는 불편한 다리로 상체를 약간 흔들며 천천히 몸을 움직였다. 머리는 단정하게 가르마가 갈라져 있었다.

남자는 건물 입구와 이어지는 통로 앞쪽으로 걸어나갔다. 양쪽으로는 경찰들과 경호원들이 늘어서 있고 나이 지긋한 관료들이 뒤따라오기 시작하였다. 요원 몇몇은 건물 안 1층 행사장 쪽으로 먼저 이동했다. 행사장 내부에는 이미 청중들이 들어차 있었다.

남자는 이동 경로를 앞서 확보하며 좌우측으로 쉴 없이 눈길을 주었다. 남자의 발이 바닥의 카펫에 밀려 약간 비틀거렸다. 하지만 이내 몸을 바로 잡고 남자는 시야를 정면으로 응시하였다. 정면 단상 앞까지는 약 사십 미터 정도의 거리였다. 잠시 뒤를 돌아보자, 브이아이피와의 거리가 떨어져 있음을 알았다. 브이아이피가 입장하면서 일부 청중과 악수하는 바람에 이동이 느리게 진행된 것이었다. 남자는 황급히 옆걸음질 치며 뒤로 이동했다.

"정신 차려."

강 대령이 지나가며 남자의 옆구리를 쿡 찔렀다. 남자는 움찔하였다. 수치감이 확 올라왔다. 보직 변경을 권유하며 무심하게 던지던 그의 말이 기억났다. 그러나 남자는 언제 그랬냐는 듯 브이아이피 머리 너머 청중들 무리를 날카롭게 쏘아보았다.

청중 속에는 분위기에 어울리는 말끔한 양복을 입은 요원들의 모습이 들어왔다. 그들은 청중들과 같이 브이아이피 쪽으로 눈길을 던지고 있었다. 그중 어떤 녀석은 잔뜩 긴장한 것 같았다. 표정으로 봐선 오늘 처음 투입된 것이 분명해 보였다. 경계 시선을 움직이는 중, 그 요원과 본의 아니게 눈길이 겹쳤다.

처음 경호실에 와서 받는 집중사격과 강하 훈련 때, 잔뜩 겁먹은 그의 표정이 떠올랐다. 강하 스타트를 끊어 줘야 하는 순간, 비행기 문 앞에서 뛰지 못하고 멈칫하며 두려움에 짓눌렸던 그의 모습이 떠올랐다. 공포에 눌려 기체 문을 강하게 움켜쥐고 있던 그의 두 손을 남자는 비틀어 떼어냈었다.

브이아이피의 불편한 다리와 청중들과의 접촉 때문에 이동이 느리게 진행되고 있었다. 최근 들어 그의 인기는 취임 초와는 달리 서서히 하향곡선을 그리고 있었다. IMF 구제금융이 투입되었고 금융권을 비롯한 전 산업의 우량 기업들이 외국 자본에 매각을 위한 물건으로 부려진 상태였다. 부려진 것들이 늘수록 반대로 그의 인기는 떨어졌다.

철망이 툭 하고 떨어져내렸다. 팅팅 소리를 내며 땅바닥을 나뒹구는 그것을 남자는 내려다보았다. 가느다란 철판으로 엮은, 얼굴과 목만 겨우 가릴 수 있는 초라한 크기였다. 방석모에 철망을 고정하는 지지대는 견고하지 못했다. 조금 전, 어디선지 모르지만 날아온 돌멩

이 하나가 방석모 귀퉁이를 때렸었다. 땅바닥의 철망을 내려다보며, 창피하다는 생각과 연이어 피부를 찢고 안으로 밀고 들어올 단단한 물질에 대한 공포가 머릿속을 가득 찼다. 맹렬한 비행을 하며 자신에게 부딪쳐올 수 있다는 가능성에 온몸이 떨렸다. 창피하다는 생각은 '어떻게 감히 우리한테?'라고 하는 근거를 알 수 없는 분노, 값싼 우월감과 한 몸처럼 뒤엉겨 머릿속에서 소용돌이쳤다.

돌멩이가 방석모를 때리고 나자, 윙 하는 소리가 머릿속을 헤집고 다니다 날카로운 송곳으로 찌르는 듯이 안으로 파고들었다. 남자는 미간을 있는 힘껏 찌푸리며 거친 숨을 몰아쉬었다. 조금 전, 철망을 떨어뜨린 그 돌멩이는 바닥에 흩어져 있는 수많은 동종의 것들 속에 숨어 있었다.

오월 십팔 일 새벽에 급박하게 시위 현장에 투입되었다. 남쪽의 도시였다. 보내는 이들은 그저 매우 위급한 상황이라고 말했다. 그들에겐 항상 위험한 상황의 연속이었고 또 항상 다급했다. 투입 며칠 전, 부족한 가림 철망을 급하게 만들었는데 결과적으로 그것은 방석모에 제대로 맞지 않았다. 뛰어다니면 벗겨져 내리거나 불안하게 덜렁거리기 일쑤였다. 분리된 철망이 떨어지며 왼쪽 겨드랑이에 차고 있던 방독면 주머니에 맞고 군홧발 아래로 추락했다.

"움직이지 마!"

중대장은 소리쳤다. 이십 대 후반으로 접어들고 있던 강 대령의 목소리는 단호했다. 남자는 뒤쪽에서 날아오는 그의 다급한 목소리를 들었다.

"한 발짝도 물러서지 마!"

격한 억양의 목소리가 또 들려왔다.

"에이. 씨발!"

돌에 맞은 팔뚝 아래, 붉은 피가 옷을 적시며 천천히 번지기 시작했다. 점프복 얼룩무늬 사이로 벌건 핏빛이 보였다. 시위 진압을 위한 다이아몬드 대형 앞쪽에 있는 남자는 왼쪽 어깨를 결사적으로 올리고 있었다. 얼굴보다 팔의 피부가 더 두꺼울 걸로 믿고 싶었다. 초라한 믿음이었지만. 그래도 팔에는 얇은 헝겊이라도 덮여 있잖아.

온 힘을 다하여 왼쪽 무릎을 가슴께까지 들어올렸다가 땅으로 힘차게 내리꽂았다. 바닥에 군홧발을 박아넣기라도 할 듯. 지난 몇 달간 숱하게 반복해오던 훈련 동작이었다. 쳇바퀴 속의 원숭이처럼 똑같이 이 동작을 반복해왔다. 원숭이들은 시도 때도 없이 군중 앞으로 불러내졌다. 잠을 잘 수도 없었고 누울 수도 없었다. 원숭이들의 성난 빨간 궁둥이를 사람들이 무서워한다고 거짓말을 했다. 그리고 마지막 최후의 보루라고, 믿을 건 너희밖에 없다고 말했다. 믿을 수 없는 말이지만 믿는 것 말고는 다른 방법을 알지 못했다. 최소한 믿는 척이라도 해야 했다. 그래야 원숭이를 쳐다보는 경멸하는 듯한 그 수많은 눈길을 애써 외면할 수 있을 것 같았다.

남자는 별다른 길이 안 보이는 이 상황이 어떻게 어디서부터 생겨난 것인지 그저 기가 막히게 궁금할 따름이었다. 저 앞에서 무표정하게 응시하고 있는 사람들이 이상했고, 근엄한 표정으로 잠을 재우지 않는 자들의 명령에 따라 빨간 궁둥이를 수없이 흔들어야 하는 자신이 싫었다.

그때, 정강이 쪽으로 날아오던 돌멩이가 핑하는 소리를 내며 뼈를 때리고 바닥을 훑고 지나갔다. 뒤이어 복사뼈 주위에 부딪힌 돌멩이 파편들이 바람 위의 낙엽처럼 뒤로 날아갔다. 온몸이 가스 불 위에 벌겋게 달여진 쇠창살로 찌르는 듯 아팠다. 여기저기 동료들이 무릎을 꿇고 주저앉기 시작했다.

"앉지 마!"

허리 아래 감각이 사라지기 시작했다. 위력 시위가 더 이상 위력적이지 않았다. 웃음거리로 전락해 가는 모양새였다. 책가방처럼 보이는 가방에서 나오는 것은 책이 아니었다. 그건 훨씬 더 날카롭고 위협적이었다. 비웃으며 책이 아닌 그것을 이쪽으로 던졌다. 그건 마술사의 반짝이 가방 같았다. 종잇조각을 집어넣자, 비둘기가 나왔다. 갖가지 색의 헝겊을 밀어넣자, 새하얀 진짜 장미가 나왔다. 남자의 양쪽 정강이 아래에 여기저기 핏빛이 번졌다. 책보다 더 무섭고 단단한 그것이 남자를 훑고 지나갔다.

"전진!"

명령에 따라 다섯 발 앞으로 나갔다. 오른손에 쥔 진압봉이 앞뒤로 흔들렸다. 진한 군청색으로 색칠된 짧은 나무 막대였다. 앗 하는 연속적인 구호는 시간의 사이사이로 허공에 힘없이 흩어졌다. 남자는 자신의 악쓰는 목소리가 더 날카롭게 더 크게 울려 퍼지길 바랐다. 그리고 남자의 소리에 잔뜩 겁을 집어먹은 그들이 어서어서 도망가기를. 제발제발 겁을 먹어 주기를. 간절하게. 또 간절하게. 그러나 그것은 훨씬 많은 숫자와 더 큰 고함과 구호 소리에 밀려 제자리에서 맴만 돌았다.

도착한 새벽, 트럭 사이로 보이는 학교 도서관은 마법의 성같이 신비한 모습으로 산기슭에 우뚝 솟아올라 있었다. 그곳을 남자는 오랫동안 동경했다. 꿈속에서도 그 성안에서 책을 펼치고 있는 자기 모습을 그려 보았다. 자신 따위와는 비교조차 할 수 없는 엄청난 마법사들이 사는 곳. 하얀 얼굴과 빛나는 금빛 망토를 걸친 또래의 남대생과 여대생들. 자신은 감히 쳐다볼 수도 없는 빛나는 구름 속에 사는 그녀들. 그곳에 들어갔다 나오면 자신도 모든 것을 다이아몬드로 바꾸는 마법사가 되어 나올 수 있을 것 같았다. 그것은 책의 마법이라고 남자는 확신했다.

오래전, 아버지는 남자의 책을 불태웠었다. 어린 남자가 아버지의 팔뚝을 강하게 잡았다.

"반항하냐?"

아버지의 입에서 역한 술 냄새가 넘어왔다.

"제발…"

"이거 안 놔?"

아버지가 남자의 손을 뿌리쳤다.

"제 누이처럼 공장 가서 돈이나 벌 것이지. 분수를 알아야지."

마당 끝, 담벼락 아래서 남자의 책이 불타올랐다. 훨훨 타올랐다. 선생님이 다녀간 바로 그날 오후였다. 아버지는 단호했고 남자는 맨몸뚱이가 송두리째 불길에 닿은 것처럼 아팠다. 칼로 피부를 뜯어내듯이, 바늘로 찌르듯이 아팠다. 선생님은 아깝다고 말했다. 무엇이 아깝다는 건지 정확히 알 수는 없었지만, 힘없이 남자를 쳐다보며 머리를 절레절레 흔들었다.

"공부하고 싶어요. 엄마."

병치레가 잦은 어머니가 누워 힘없이 남자의 손을 잡았다.

"미안하다…."

그때, 어머니의 입가에는 허연 백태가 잔뜩 밀려 나왔었다.

도서관을 바라보자, 가슴 저 아래가 심하게 아려왔다. 또 역하게 밀려 올라왔다. 울컥하며 남자가 목울대에 힘을 주자, 거친 숨소리가 입안에서 바깥으로 터져 나왔다.

"흐…. 흐…."

남자가 배를 움켜잡고 몸을 접었다.

"박 하사. 왜 이래? 인마."

총열을 움켜쥐고 넘어갈 듯 숨을 몰아쉬는 남자에게 동기가 다가와 어깨를 움켜쥐었다. 두 눈을 찔끔거리며 괴기스럽게 웃고 있는 남자를 쳐다보며 동기는 황당한 표정을 지었다.

"어억…. 어억…."

남자의 토할 듯 격해지는 숨소리가 새벽 도서관을 넘어서 산 아래로 멀리 퍼져나갔다.

"돌격 앞으로! 전부 다 잡아!"

강 대령과 누군가의 목소리가 뒤섞여 있었다. 남자가 뛰어나갔다. 본능이었다. 단단했던 다이아몬드가 순식간에 흩어졌다. 메케한 연기와 따가운 눈, 윙윙거리는 소음이 마치 꿈을 꾸고 있는 것 같았다. 여기저기 돌멩이나 나무 등의 파편들이 군홧발 아래서 채였다. 그 바람에 남자의 뜀박질이 뒤뚱거렸다. 저 앞에서 돌멩이 등을 던지던 사람들이 잽싸게 뒤돌아 도망가기 시작했다. 순간 다 잡으라는 소리만 이 남자의 머릿속에 가득 찼다.

저번에는 초기에 미지근하게 대응하다 실패한 거야! 이 멍청이들아! 작년 그때의 실수는 더 이상 없어! 지옥 끝까지 쫓아가서라도 잡아내! 그것 하나뿐이었다. 너무 명료했다. 그래서 뭔가 이상했다. 지난 수 개월간 이 간단명료한 명령을 수행하기 위해 수없이 반복해서 훈련을 해왔다. 뭔가가 빠진 것 같은 이 느낌. 뭔가가 이상하게 되어가고 있다는 예감. 혁대를 제대로 잠그지 않고, 군화 끈이 풀린 채로 뜀박질을 시작한 것 같은 불편한 느낌이었다.

저 멀리 잿빛 참새 한 마리가 퍼드덕 날아올랐다. 그것은 공중에서 날아가며 부리를 벌렸다 닫았다 하고 있었다. 저쪽으로 날아가는 것 같았지만 금방 이쪽을 향해 뚫어져라 응시하는 것 같기도 했다.

돌에 맞은 정강이와 팔의 감각이 갑자기 사라졌다. 남자는 무릎 아랫부분이 전부 없어진 것 같이, 상체만 허공을 둥둥, 마치 불기를 머금은 풍등처럼 허공을 떠다녔다. 둥둥. 마냥 앞으로 또 앞으로 달려갔다.

까만 치마를 입은 여자가 길 옆으로 사람들 틈 속에서 달리고 있었다. 누이는 새벽에 어린 남자가 까무룩 선잠을 자던 때, 서울로 사라졌었다. 생각해 보니 그 누이도 그땐 어린애에 불과했다는 생각이 들었다. 그녀가 여기에 무슨 일로? 그럴 수는 없잖아?

빨리 도망가!

사람들 틈 속에서 여자는 비틀거리며 달리고 있었다. 이 위험한 곳에 왜 나왔어? 이 등신아! 남자는 동료들과 같이 돌멩이가 쌓여 있는 거리를 가로질러 뛰어갔다. 메케한 최루 냄새가 콧속으로 밀려들어왔다. 움켜쥔 진압봉이 허벅지에 툭툭하고 걸렸다.

멀리 가 버려! 제발! 멀리!

남자는 외쳤다. 그러나 그 소리가 밖으로 나왔는지 아닌지는 알 수 없었다. 남자는 시위대가 몰려 도망가는 골목길로 달려 들어갔다. 까만 치마는 더 이상 보이지 않았다. 너무나 다행이라는 생각을 했다.

골목 입구에는 좌우로 많은 사람이 모여 있었다. 그들은 모두 무표정하게 서서 남자 쪽을 건너다보고 있었다. 마치 장승처럼. 장승과 장승들로 우거진 숲. 숲은 깊고 두꺼워 안이 보이지 않았다.

숲처럼 덩어리진 사람들이 연이어 붙어 있는 전시회장으로 이동하기 시작했다. 브이아이피의 연설이 끝나자마자였다. 마음 급한 카메라 기자들 그리고 청중들이 모두 전시회장 앞으로 몰려가기 시작하였다. 오픈 행사가 먼저 진행될 예정이었다.

오늘 아침, 사전 점검차 둘러보던 전시회장에서 남자는 끝까지 걷지 못하고 중간에 멈춰섰었다. 한 손으로 벽을 짚었다. 정면 벽에 걸린 그림 안에, 어둑한 회색 바탕에 얼룩무늬 옷의 사내들이 몽둥이를 움켜쥐고 저 멀리 앞으로 달려가고 있었다. 그리고 일부는 칙칙한 천막으로 뒤덮인 검은 땅위를 성큼성큼 어디론가 걸어갔다. 그 모습은 익숙하면서도 오래되어 식상한 정물화 한 폭이 되어 벽면을 채우고 있었다. 그 너머에는 형체를 알 수 없는, 수없이 덩어리져 있는 것들의 물결이 넘쳐나고, 그사이에는 답답하고 희끄무레한 물체들이 널브러졌다. 모두 깊은 늪 속이나 당장 폭발할 것 같은 침묵의 고요 속에 가라앉아 있었다.

어딘지 출처를 알 수 없는 매캐한 캡사이신과 CS 가스 냄새가 남자의 콧속에서 소용돌이를 치고, 윙윙거리는 소음이 귓속으로 파고들었다.

사람들이 전시회장으로 한꺼번에 몰려드는 바람에 몹시 혼잡한 사이로 남자는 먼저 통로를 확보하였다. 조금이라도 좋은 앵글을 잡으려 가운데로 밀고 들어오는 기자들을 남자가 뒤로 밀쳤다. 순간 그들 중 일부가 짜증을 내며 남자를 노려보았다.

"아이 씨. 밀지 마."

"조금만 뒤로."

남자는 웃는 얼굴에 입은 최대한 다문 채로 말했다.

"밀지 말라고!"

기자에게 웃으며 또 뒤로 밀쳤다.

"아. 왜 이래!"

구둣발로는 그의 종아리 앞을 힘껏 걷어찼다.

"왜 때려. 씨발."

"쪼끔만. 쪼끔만. 뒤로."

남자가 계속 밀고 들어오는 다른 기자의 허벅지를 무릎으로 차올렸다. 그러나 기자는 아랑곳하지 않고 카메라를 들이대고 들어왔다.

"뭐 해! 통로 확보해!"

남자가 군중 요원들에게 지시하자, 눈치 빠른 몇몇이 손으로 기자들의 허리띠를 붙잡았다. 기자들이 버둥거렸지만, 통로는 조금 안정되게 유지되었다, 그 사이로 브이아이피가 천천히 지나갔다. 그 뒤로는 관계자들이 줄지어 따랐다.

라인이 정리되자, 기자들이 결사적으로 카메라를 앞으로 들이밀었다. 급기야 그들의 허리춤을 움켜쥐고 있던 요원들이 앞으로 질질 끌려가고 있었다. 남자가 두 팔로 기자들을 밀쳤다.

"그만해!"

한 대의 카메라가 남자의 팔을 뿌리쳤다. 곧 남자의 뒤통수가 뜨

끔했다. 남자의 팔을 벗어나려는 기자가 카메라로 뒤통수를 후려친 것이었다. 제지하는 남자의 손아귀에서 벗어나려다 그랬는지 아니면 의도적으로 그랬는지는 알 수 없었다. 남자가 기자를 노려보았다. 그는 아랑곳하지 않고 카메라를 맹렬히 앞으로 들이댔다.

뒤통수 너머에 제법 큰 진공이 생긴 것 같은 허전하고 삭막한 느낌이었다. 조금 시간이 흐르자, 목 뒷덜미에서 강한 아픔이 왈칵 앞으로 몰려나왔다. 남자가 뒤로 고개를 돌렸다.

노란 셔츠를 입고 있는 또래의 청년과 눈이 마주쳤다. 셔츠 아래에는 감색 바지를 입고 있었다. 머리는 장발풍이었다. 그는 두 손으로 묵직한 삽자루를 움켜쥐고 있었다. 그도 놀란 듯 두 눈을 동그랗게 뜨고 있었다. 자세로 보아 삽으로 남자의 뒤통수를 후려친 것이 분명했다. 그 순간, 남자는 자신이 너무 골목 깊숙이 들어와 버렸다는 사실을 비로소 인지했다.

뒤따라오던 남자의 선배가 노란 셔츠의 허벅지를 진압봉으로 강하게 후려쳤다. 미처 피하지 못한 그가 몇 발짝을 못 가 무릎을 꿇었다. 선배는 그의 옆구리와 팔뚝을 군홧발로 밟았다. 노란 셔츠는 땅바닥에 쓰러졌다. 남자가 그의 등판을 진압봉으로 내리쳤다. 타격은 엉덩이, 등판, 살이 많은 팔뚝에만 가해야 한다고 훈련됐다. 노란 셔츠는 몸을 웅크리고 최대한 면적을 줄였다. 그 와중에 그는 쥐고 있던 삽으로 선배의 다리를 후려쳤다. 악 하는 소리와 함께 선배가 뒤로 나뒹굴었다. 남자가 삽자루를 걷어차 그의 몸에서 분리했다.

뒤늦게 일어난 선배가 노란 셔츠를 사정없이 후려치기 시작했다. 그가 비명을 지르며 머리를 움켜쥐었다. 그 위를 선배가 진압봉으로 계속해서 내리쳤다.

안 된다고!

잿빛 참새가 푸드덕하고 날아오르며 자맥질했다. 몇 가닥 남지 않은 깃털이 흘러내려 땅바닥에 떨어졌다. 깃털에는 시뻘건 핏자국이 배어 있었다. 핏물이 땅바닥으로 스며들고 있었다.

남자가 선배의 팔을 강하게 움켜쥐었다. 선배는 실핏줄이 터질 듯 충혈된 눈빛이었다.

"물러 터진 새끼!"

선배는 비아냥거리는 눈빛으로 남자를 자극했다. 사람들이 다 보는 너른 공터에서 빨간 궁둥이를 사정없이 걷어채인 원숭이가 된 기분이었다.

장승처럼 길가에 서 있던 사람들의 끈적한 눈빛이 느껴졌다. 곁눈으로 보이는 그들의 눈빛이 조금씩 변하고 있었다. 깊은 동공 속에서 그것은 조금씩 짙어졌다. 하지만 어떤 색을 띠고 있는지는 짐작조차 할 수 없었다. 두려움과 분노, 의심과 힐난, 이 모든 게 겹친 정의할 수 없는 색이었다.

"뭘 쳐다봐! 이 개새끼들아!"

남자가 두려운 마음을 억누르며 장승들을 향해 소리쳤다. 장승들의 숲에서 쏟아져 나오는, 태울 것 같은 강렬한 눈빛 속에서 다급한 두려움에 떨며 남자가 악을 썼다. 그건 다급한 울음이었다. 곧 자신에게 닥칠지 모르는 수적인 열세의 공포. 거역할 수 없는 거대한 것에 짓눌릴 것 같은 무기력과 죽음에 대한 두려움. 수많은 장승이 늘어선 그 골목에는 남자와 동료들 몇몇만 있을 뿐이었다. 장승들의 숲 안에 있는 수많은 개체가 자신들의 우위를 깨닫기 전에 속히 짓눌러 버려야 한다는 절박한 본능으로 남자와 동료들은 핏발선 눈으로 악을 썼다. 독이 바짝 오른 빨간 궁둥이를 좌우로 흔들며 위협적으로 이빨을 들이대는 원숭이같이.

우우우.

어딘지 모르지만 소리가 들려왔다, 장승 숲 안인지 그 너머인지 어딘지 모르는 소리가 밀물처럼 밀려날아왔다. 남자가 늘어서 있는 입들을 쳐다보았다. 누구도 입을 벌리지 않고 있었다. 하지만 소리는 점점 더 커지고 있었다. '우우'가 '웅웅'이 되고 이윽고 그 소리는 '왕왕'이나 '와아앙'으로 변해 가는 것처럼 보였다.

"물러서지 마! 씨발! 다 같이 여기서 죽어 버리자!"

이십 대 강 대령의 목소리였다. 몽둥이와 쇠 파이프를 움켜쥔 사내들이 남자 일행을 빙 둘러싸고 있었다. 그중 한 명은 소방호스를 붕붕 휘두르며 다가오고 있었다. 호스 끝에는 누런 쇠 관창이 붙어 있었다. 끝이 무거워서인지 휘두르는 사내도 약간 비틀거렸다. 남자

일행은 쇠 관창 반경 바깥으로 점점 밀려나고 있었고 승기를 잡은 반대쪽 사내들은 서늘한 비웃음을 입가에 가득 물었다. 남자 일행이 모퉁이로 점점 더 밀리고 있었다. 휘둘리는 소방호스의 붕붕거리는 소리가 알 수 없는 소음에 얹혀 배가되는 것처럼 들렸다. 소방호스가 그리는 원 속에서 거대한 폭풍이 일어날 것 같은 생각이 들었다.

그때, 빈틈을 타서 남자가 원 속으로 몸을 잽싸게 밀어넣었다. 원형으로 돌던 소방호스가 남자의 몸에 칭칭 감기더니 힘을 잃고 땅바닥으로 떨어지기 시작했다. 휘감긴 남자도 몸을 비틀거렸다. 쇠 관창이 텅텅하며 땅바닥에 나뒹굴었다.

"퇴로 확보해!"

남자와 동료들은 퇴로를 확보하기 위해 접근하는 사내들에게 진압봉을 휘두르며 위협했다. 소방호스를 몸에서 분리한 남자도 같이 진용을 짜며 뒤로 물러나기 시작했다.

남자는 지금 길가에 늘어서 있는 수많은 장승의 숲이 거대한 폭우로 순식간에 변하는 상상을 하기 시작했다. 오래전, 계곡에서 폭우로 갑작스럽게 불어난 물살에 휩쓸려 본 적이 있는 남자는 그때의 무기력하고 쓰레기처럼 철저히 버려진 것 같은 느낌을 상기했다.

그러나 길가의 장승들은 그저 혼자만의 말 없는 존재였다. 남자는 이들도 자신과 같이 쳇바퀴 속의 원숭이처럼, 인형극 속의 인형처럼 그 무엇에 철저히 짓눌리고 얽매여 있는 것은 아닐지 하고 의심했다. 실체를 알 수 없는, 오랫동안 그들을 교묘하게 길들여온 그 무엇

에 함몰된 것은 아닐까? 이제는 무의식 속에서 존재의 완전한 일부가 되어 버린. 그래서 의식하지 못하는 사이에 스스로 공포와 불안을 일으키고, 급기야 자신을 착취하고, 그리하여 자발적으로 그 모호하고 깊은 안개 속으로 뚜벅뚜벅 걸어들어가 버리는 것일 수도 있다고 생각했다.

남자와 일행은 비틀거리며 두려운 눈길을 던지며 뒤로 물러났다.

"브이아이피 곧 퇴장. 입구 통로 확보."

브이아이피가 전시회장을 거의 둘러볼 즈음, 남자는 명령을 내렸다.

"과장님. 지금 밖에서 노조 애들이 집회 중입니다."

건너편 한국전력공사 앞에서 아직 집회 중이라는 소식이었다. 남자의 가슴이 다시 격렬히 방망이질 치기 시작했다. 얼굴이 훅하고 달아올랐다. 이마에선 식은땀이 치솟아 올랐다.

브이아이피 옆에는 강 대령과 근접 경호 요원들이 동선을 통제하고 있었다. 남자는 이제 곧 자신이 저 지뢰밭 같은 광장 속으로 나아가야 한다고 생각했다. 남자는 양복 안쪽 주머니를 뒤졌다. 약통을 움켜쥐고 엄지손가락으로 어렵게 뚜껑을 밀어 올리자, 주머니 바닥으로 알약이 흘러나왔다. 남자는 머리를 숙이고 반대쪽 손으로 이어폰이 꽂혀 있는 귀 위쪽을 덮었다. 눈치 빠른 놈들은 벌써 자신의 상태를 위로 보고했을 것이라고 한 강 대령의 말이 뇌리를 스쳤다. 남자는 몸을 더 웅크렸다.

이어폰을 잡느라 올린 팔을 엄폐물 삼아 급하게 입안으로 알약을 밀어 넣었다. 입안은 메말랐지만, 혓바닥 위에서 약은 천천히 녹기 시작하였다. 메마른 입을 닫고 침을 꿀꺽 삼켰다. 쩍 하는 느낌과 함께 약이 위치를 바꾸었다. 한 번 더 침을 꿀꺽 삼켰다. 그래도 입천장에 딱 붙어 있던 알약은 쉽게 떨어지지 않았다. 하지만 그는 혓바닥으로 입천장을 결사적으로 비벼 알약을 떼어내고 기어이 목구멍 안으로 그것을 밀어 넣었다. 알약은 식도 벽을 따라 천천히 아래로 흘러 내려갔다.

"건너편 노조 애들 이쪽으로 넘어오지 못하게 막아!"

브이아이피가 전시회장 출구를 막 지나 건물 입구까지 이어진 복도를 천천히 걸어나갔다.

"브이아이피 이동 중."

남자는 브이아이피와 강 대령으로부터 앞서서 코엑스 건물 바깥으로 걸어나갔다.

"매판자본 타도하자! 무분별한 구조조정 죽음으로 막아내자!"

"우량 회사 다 팔아먹는 어용 정권 물러나라!"

언제 몰려왔는지 길 건너편에서 집회 중이던 시위대가 도로를 건너 코엑스 쪽으로 몰려왔다. 그들은 머리에 붉은 띠를 매고 각종 피켓을 들고 있었다. 경찰은 이들이 바리케이드를 넘어오지 못하게 통제 중이었다.

경찰. 저 새끼들. 도로를 못 넘어오게 막았어야지.

짜증이 확 올라왔다. 남자는 광장 오른쪽으로 몰려온 시위대를 쳐다보았다. 그들의 모습은 마치 흔들리는 거울 속에 있는 것처럼 울렁거렸다. 과다복용이 분명하다고 생각했다. 남자가 시위대 쪽으로 걸음을 옮겼다. 입안으로는 계속해서 침이 솟아올랐다. 남자는 입안에 고이는 침을 꿀꺽 삼켰으나 이내 또 차올랐다.

브이아이피는 시위대를 한번 힐끔 쳐다보는 것 같았으나 별로 개의치 않는 듯 세단을 향해 천천히 걸음을 옮겼다.

이때, 폴리스 라인 너머 시위대 안에서부터 동그랗고 자그마한 물체가 날아오기 시작하였다. 격렬한 구호 함성과 같이.

광장 앞, 아니면 그 맞은편 어디선가로부터 날아오는 것 같았다. 소리로 방향을 전혀 짐작할 수 없었다.

그 소리가 나기 전, 남자는 광장과 이어진 길가에서 바리케이드에 기대 잠에 빠져 있었다. 며칠 동안 단 한 번도 눈꺼풀을 붙일 수가 없었다. 잠들기 전, 지나가던 지역대장이 '이런 데서 잠이 오냐? 이놈들아.' 하며 혀를 차던 소리를 들었다. 그리고 시간이 조금 지난 후, 사람들이 몰고 온 버스가 위협적으로 이쪽을 향하여 달음박질치고, 연이어 다급한 비명과 탄식의 소리가 광장에 울려퍼졌다. 하지만 이 소리도 곧 더 큰 소음 속으로 사라졌다. 그리고 연이어 상상할 수 없는 소리가 들렸다. 급격하게 부풀어 오른 타이어가 단박에 터지는 소리가 연속적으로 울려 퍼졌다.

남자가 급하게 상체를 세우며 앞을 쏘아 보았다. 이제 다른 세상이 시작된 것임을 육감적으로 알았다. 갑자기 사위가 선명해졌다. 옆에서 같이 널브러져 있던 동료의 눈가에서 퍼런 안광이 툭툭 흘러내렸다. 그의 두 눈에서 순간 짐승의 빛이 감싸고 돌았다. 그 불편한 빛을 남자에게 뿌렸다. 당황함으로 덧칠된 끈적거림과 두려움에 짓눌린 후들거림이 화살처럼 남자에게 날아왔다.

도대체…. 어쩌라고.

남자가 멍한 표정을 동료에게 되쏘았다. 동료가 핥고 있던 미숫가루 비닐을 떨어뜨렸다가 다급하게 다시 주워 입으로 가져갔다. 며칠을 전투식량으로 근근이 끼니를 때우는 중이었다. 중학생 주먹만 한 번들거리는 검은 비닐 안에는 압착된 빵가루와 미숫가루 등이 빈틈 하나 없이 단단하게 밀착되어 있었다.

남자가 또 후다닥 상체를 세웠다. 물속을 잠수하다 수면 위로 올라온 느낌이었다. 이번에는 뜨거운 불 위에서 콩 터지는 소리가 광장을 가로질러 솟아올랐다. 아까와는 조금 다른 느낌인데 확신할 수는 없었다. 남자는 방향을 잡지 못하고 머리를 빠르게 돌렸다.

도대체 몇 번을 잠든 거야?

처음과 두 번째 총소리의 짧은 사이 동안 남자가 또 잠이 든 것이었다. 육체가 정신을 압도적으로 지배하는 시간이 계속되고 있었다.

그런데 이번에는 아까와 분명 달랐다.

남자가 앞쪽에 정차해 있는 APC 장갑차 뒤쪽으로 몸을 굴렸다. 조금 전 옆에서 비닐 바닥을 훑고 있던 동료는 어디에도 보이지 않았다. APC의 엔진은 꺼졌는지 아무 움직임이 없었다. 남자가 APC 바퀴 뒤에 숨어 앞쪽을 내다보았다. 핑 하며 총알 한 방이 아스팔트 도로에 맞고 튀어 올랐다. 남자가 몸서리치며 얼른 바퀴 뒤로 몸을 숨겼다.

그때, 남자의 구부린 무릎 아래로 뜨끈한 온기가 느껴졌다. 미끈했다. 남자가 눈길을 아래로 가져갔다. 끈적한 핏덩어리가 바퀴 아래서 흘러나와 남자의 왼쪽 무릎 속으로 파고들고 있었다.

"이⋯. 이⋯."

적당한 단어를 찾지 못한 입이 맴을 돌았다. 얼른 무릎을 들어 올렸다. 울리던 총소리도 들리지 않았다. 뭐라고 고함을 질러대던 지역대장의 목소리도 사라졌다. 광장 앞을 콩나물시루처럼 가득 메웠던 사람들의 고함과 차 소리도 남자의 귀에는 더 이상 들리지 않았다. 갑자기 찾아온 정적이 이어질 것 같고, 아니면 지금 숨죽이고 있는 것들이 한꺼번에 왈칵 달려들 것만 같았다.

터져 버릴지도 모르지.

남자가 속으로만 생각했다. 그때, 땅 하는 소리와 함께 바리케이드로 세워 놓은 드럼통에 뭔가 부딪치는 소리가 들렸다. 이윽고 탱 하는 소리가 드럼통으로부터 남자에게 와락 달려왔다. 그리고 그 소리는 메아리를 치며 흩어졌다. 남자는 본능적으로 광장에 연이어 붙은 건물 안으로 튀어야 한다고 생각했다. 남자가 몸을 굽혀 앞쪽으로 눈길을 옮겼다.

APC의 바퀴에 짓눌려 몸통에서 분리된 사람의 팔이 보였다. 얼룩무늬 군복에 끼어 있는 팔뚝 끝에는 다섯 개의 손가락이 덜렁거리며, 오물이 묻은 손바닥에 연결되어 있었다. 손등은 바닥에 붙인 채. 손가락 사이에는 핥다 만 미숫가루 비닐이 끼워져 있었다. 바퀴 아래로 남자는 차마 눈길을 돌릴 수 없었다.

차량 공격에 밀린 APC가 급하게 후진해 버린 것 같았다. 피하려고 APC 쪽으로 몸을 던지는 동료의 모습이 머릿속으로 선명히 그려졌다. 시간이 멈춘 한 공간에서 수없이 겹치는 영상들처럼. 중국 쓰촨성의 능숙한 변검술사가 순식간에 연속적으로 가면을 바꾸어 버리는 것같이. 동료의 모습을 품은 여러 개의 영상이 순간적으로 겹쳤다.

남자가 APC 바퀴 바깥으로 몸을 던져 도로 위로 몸을 굴렸다. 그리고 즉각적으로 자기 몸이 건물의 안쪽 벽에 기대고 있음을 인지했다. APC와 건물 사이를 어떻게 왔는지 전혀 기억나질 않았다. 다만 그는 건물 안쪽 벽에 등을 기대고 있는 자신을 발견했을 따름이었다. 그리고 겁먹은 짐승처럼 웅크리고 있는 자신의 몸뚱어리를 하나하나 살펴보기 시작했다.

팔, 다리, 머리, 목, 가슴, 배….

속으로만 중얼거리다 배 아래로 눈길이 가자, 아래쪽으로 묵직한 중력의 끌림이 느껴졌다. 눌러쓴 방석모 사이로 줄줄 흘러내린 육수가 가슴을 흠뻑 적시고 배를 타고 사타구니 아래로 맹렬하게 흐르기 시작했다. 또 뒤통수를 타고 내린 그것은 등판을 가득 적시고 매고 있는 화생방 자루에 축축이 번지고 있었다.

도대체…. 다행이군.

피가 아닌 그것이 사타구니를 타고 내려가면서도 양이 전혀 줄어들지 않았다. 오히려 양쪽 다리 사이로 더 많은 양의 육수가 흘러내려 급기야 군화 바닥을 축축이 적시고 있었다.

…. 씨발. 오줌이네. 쪽팔리게.

"헉!"

일부러 소리를 내 어처구니가 없다는 표현을 해 봤다. 지금은 반드시 그래야 할 것 같았다. 누군가 옆에서 듣고 있기라도 하는 듯.

남자와 동료들은 기차를 타고 있었다. 군 전용인 TMO 운영 칸을 포함해서 여러 객실에 나눠서 앉았다. 대부분 녹초가 되어 깊은 잠 속에 빠져 있었다. 작전이 끝나자마자 바로 기차를 탔다.

TMO를 관리하는 중사는 놀란 눈으로 남자 일행을 쳐다보고 있었다. 알 수 없는 서늘한 기운 때문이었는지 지치고 피폐한 모습 때문이었는지 그는 처음 보는 이 낯선 광경에 아직 적응을 못 하는 표정이었다. 동료들의 코 고는 소리가 객실을 가득 채우고 있었다. 속도를 점점 더 높인 기차가 이번에는 북쪽으로 맹렬히 달려올라갔다.

차창 밖으로는 초록의 빛이 가득 찼다. 멀리 보이는 산이나 가까운 언덕에도 연초록을 띠었다. 온통 세상이 날아갈 듯 가볍고 연한 빛으로 도배되어 있었고, 남자는 '이제 곧 이것도 짙고 검푸른색으로 변하겠지.' 하고 생각했다. 짙은 그 색을 떠올리자, 갑자기 묵직한 두려움이 저 깊은 곳에서부터 스멀스멀 기어 올라오기 시작했다. 날카로운 군청색의 빛 날이 사지를 베어 버릴 것만 같았다.

기차가 깊은 터널을 지나 야트막한 산기슭을 가로질러 달려갔다. 기찻길 옆으로는 붉은 작약이 흐드러지게 피었다. 서울로 떠난 누이가 꽃밭 가운데서 다소곳이 앉아서 남자의 이름을 조용히 부르고 있는 것만 같았다. 남자의 코에 물이 잔뜩 오른 작약의 향기가 물씬 넘어왔다.

남자가 창문에 눈을 갖다 대고 멀리 펼쳐진 작약 밭을 뚫어져라 쳐다보았다. 갖가지 색깔로 펼쳐진 작약 중, 짙고 붉은 꽃잎을 활짝 펼치고 있는 것에 눈길이 머물자, 남자의 아랫배에서 묵직한 것이 밀려 올라왔다. 토할 것 같았다. 하지만 헛구역질이었다.

APC 아래서 꾸역꾸역 배어나오던, 흙가루를 잔뜩 품고 밀려 나오던 미숫가루 비닐을 핥던 동료의 핏덩어리가 머릿속을 가득 채웠다. 그리고 머리를 움켜쥔 장발풍의 노란 셔츠가 생각났다. 긴 머리카락 사이로 비겨져 나오던, 하얀 손가락 마디 사이로 흘러내리던 그 홍건한 핏물이 이제는 남자의 머리에서 타고 내리는 것 같았다.

남자는 급하게 일어나 아랫배를 움켜쥐고 화장실로 달려갔다. 꾀

죄죄한 세면대에 얼굴을 박고 한참 구역질을 계속했다. 그러나 나오는 건 없고 세면대 바닥엔 누런 타액만이 흩어져 있었다. 먼지와 뒤엉킨 침은 천천히 세면대 바닥을 타고 구멍 속으로 내려가고 있었고, 그 모습을 본 남자는 또 구역질하기 시작했다.

이 지랄 같은.

남자가 속으로만 주억거렸다. 오른쪽 꼭지를 틀자 차가운 물이 쏟아졌다. 남자는 꼭지를 더 크게 열고 손바닥으로 물을 한껏 받아 얼굴을 문질렀다. 얼굴에 뭐가 묻은 듯이 남자는 격렬하게 얼굴을 아래위로 비벼 댔다.

얼굴에서 손을 떼자, 핏빛이 가득한 충혈된 눈으로 남자를 노려보는 이름을 알 수 없는 기이한 생명체 하나가 마주 보고 있었다. 여태껏 단 한 번도 마주치지 못한 것이었다. 그것은 곧 꾸역꾸역 흐느끼기 시작했다. 갑작스러운 변화였다. 겁에 질린 눈빛이었다.

"엉. 엉."

거울 속의 그 생명체가 소리 내 울기 시작했다. 이유는 알 수 없었다. 좁은 화장실 공간은 울음소리로 곧 터질 것 같았다. 남자는 소리 내 울부짖는 그것을 엉거주춤 마주 보고 있었다.

그 생명체는 머리를 움켜쥐었다. 그리고 몸을 화장실 한쪽 구석으로 밀어 넣었다. 어디서 날아왔는지 모를 수많은 잿빛 참새가 날카로운 부리를 이리저리 휘두르며 격렬하게 날갯짓하고 있기 때문이었다. 온몸을 파고들 것 같은 송곳의 날카로운 느낌에 격렬하게 좌우로

몸부림쳤다. 좁은 화장실 벽이 흔들렸다.

"허엉! 허엉!"

급기야 이상한 생명체는 아이처럼 울부짖기 시작했다. 울부짖음 이 커질수록 잿빛 참새의 수는 늘어나고, 나중엔 화장실 안이 잿빛 참새와 그것이 뿌려놓은 깃털 자락으로 빈틈 하나 없이 가득 찼다.

"야! 박 하사! 너 안에 있어? 이 새끼! 너 거기서 뭐 해?"

조금 전, 깊은 잠에 빠져 있던 동료들이 거칠게 화장실 문을 두드 리며 소리치고 있었다.

날아오는 그것의 시작 지점과 목표 지점을 남자는 빠르고 명확하 게 인지했다. 오래전 그때와는 다르게. 남자는 반사적으로 온몸을 최대한 활짝 펼치며 브이아이피 쪽으로 빠르게 날아갔다.

픽!

브이아이피를 향하여 공중을 가르던 물체가 남자의 얼굴을 정확 하게 때렸다. 코와 눈 사이 어디쯤인 것 같았다. 하지만 이상하게 통 증은 없었다. 끈적한 액체 같은 덩어리가 들러붙어 눈을 뜰 수는 없 었지만, 땅바닥에 엎어져 있던 남자가 이번에도 총알처럼 빠르게 브 이아이피 앞을 가로 막았다. 그러자 또 하나가 남자의 오른쪽 가슴팍 을 정확하게 때렸다. 이번에도 아프지는 않았다.

어느새 남자의 손엔 권총이 쥐어져 있었다. 앞쪽을 겨냥했다. 시야를 완전히 확보할 수는 없었지만, 목표 지점을 확인한 남자가 앞으로 전진했다.

그리고 자기 가슴에 퍼진 채 붙어 있는 달걀노른자를 발견했다. 노른자는 축 늘어져 옆구리 쪽으로 끈적한 몸의 일부를 이동시키고 있었다.

그 사이, 강 대령은 브이아이피와 앞으로 나아갔다. 근접 경호 요원들은 경호 방패를 위로 치켜들고 뒷걸음치며 세단으로 이동했다.

노란 달걀 알맹이는 힘없이 땅바닥에 퍼져 있었다. 상황을 파악한 남자는 빠르게 시위대 앞쪽으로 달려가 두 손을 위로 올리며 날아오는 것을 막아 보려 제 자리에서 펄쩍펄쩍 뛰었다. 공중으로 날아오던 달걀이 남자의 가슴과 다리 여기저기에 맞고 뚝 떨어졌다. 두 손을 벌리고 펄쩍펄쩍 뛰던 남자가 휘청거렸다. 공중에서 내려오다 발이 접질린 것 같기도 했다.

"에이씨."

남자는 앞으로 걸어가 경찰이 들고 있던 방패를 빼앗았다. 갑자기 방패를 빼앗긴 경찰은 황당한 듯 남자만 쳐다보고 있었다. 그 모습에 아랑곳하지 않고 남자는 시위대를 향해 힘차게 방패를 붕붕 휘두르기 시작하였다.

남자는 마치 모든 것들을 쓸어버리기라도 할 것처럼 온 힘을 다해 방패를 휘둘렀다. 그러나 몇 번을 휘두르자, 입안에 고여 있던 침이 입술 가장자리를 타고 턱으로 질질 흘러내렸다. 허옇게 거품 진 침이 입가로 홍건히 밀려 나왔다. 그래도 남자는 계속해서 방패를 휘두르며 시위대를 향해 다가갔다. 하지만 좌우로 이리저리 비틀거릴 뿐 좀처럼 앞으로는 나가지 못했다.

"과장님."

큰 키와 우람한 체구, 새하얀 얼굴, 코밑에 솜털이 보송한 요원 하나가 남자의 팔을 붙잡았다.

"꺽. 꺽."

급기야, 딸꾹질까지 나왔다.

"놔! 이거 놔!"

팔이 잡힌 남자가 뿌리치느라 손에서 방패를 놓치자, 방패는 퉁퉁거리며 광장 바닥을 굴러갔다. 잡힌 팔을 너무 격하게 뿌리치는 바람에 균형을 잃은 남자가 광장 바닥을 한 바퀴 뒹굴었다. 완전히 한 바퀴를 구른 남자는 정신이 돌아오지 않는지 제자리에서 멍하니 앉아있었다. 달걀 범벅이 된 남자의 양복은 먼지와 흙, 나무 부스러기가 뒤엉겨 희끄무레하게 변해 있었다. 그 사이에도 시위대는 아랑곳하지 않고 구호를 꽥꽥 질러댔다.

어느새, 브이아이피를 태운 세단은 사이드카를 앞뒤로 거닐고 삼성동 사거리를 빠져나가고 있었다.

남자는 그 모습을 물끄러미 바라보며 '이번 작전이 마지막'이라고 하던 강 대령의 힘없이 내뱉던 말을 기억해냈다. 그리고 요양원 침대에 누워 멍하게 창가를 바라보던 어머니를 생각했는데, 그와 동시에 잿빛 참새 한 마리가 후루룩하고 목뒤에서 날아올랐다.

　연이어, 후줄근한 깃털 몇 개만이 공중에서 우수수 떨어져 내렸다. 끝.

레고 블록

감사관이 물었다.

"그때, 여자애가 바지를 내리고 있었죠?"

나경이 근무하는 유치원으로 교육청에서 감사를 나왔고, 감사관은 중년의 남자였다.

"그런 거 같습니다."

나경이 답했다.

"바지를 내렸다는 건 봤을 가능성이 있다는 거네요. 치마라면 덮여서 안 보이지만. 남자애들이 칸막이 안을 들여봤다면 말이죠."

일은 지난달, 화장실에서 발생했다. 유치원 화장실 증축 공사를 하느라 부득불 만 삼 세 화장실을 남녀가 같이 사용하던 기간이었다. 나경이 담임을 하고 있던 반이었다.

그녀는 아이들에게 화장실에 갈 땐, 남자는 남자끼리 여자는 여자끼리 가야 한다고 교육했다. 수진이가 화장실을 가겠다고 했을 때, 혼자 갈 거냐고 물었고 그렇다고 대답하는 수진이에게 화장실에 들어가고 나서 문을 꼭 잠가야 한다고 일러두었다. 이미 정원은 넘은 상태이고, 아이들을 챙기느라 수진을 직접 데리고 화장실에 가진 못하고 말로만 일러둔 것이다.

그런데 그사이에 같이 놀고 있던 남자 쌍둥이인 성우, 성민이가 수진을 따라 화장실로 들어갔다. 쌍둥이는 남자 소변기에서, 수진이는 칸막이로 사방이 막힌 좌식 변기에서 용변을 보았다.

"빨리 가자! 왜 안 나와? 너 똥 싸? 크크."

먼저 용변을 끝낸 쌍둥이가 놀다 두고 온 레고 블록 장난감을 다른 아이가 차지할까 봐 수진을 채근했고,

"하지 마! 똥 아냐! 저리 가!"

하고 수진이가 소리를 높였다.

"너 깃발 갖고 똥 싸러 오면 어떻게 해?"

쌍둥이가 또 수진에게 소리쳤고,

"오지 마! 저리 가! 저리 가라구우!"

하며 수진이 울음을 터트렸다.

이번 학기부터 유치원에서 새로 사들인 레고 블록은 여러 명의 아이가 동시에 큰 성(城)이나 집 등의 다양한 모양을 만드는 장난감이었는데, 블록의 개수와 종류가 많고 바닥 판이 넓어 여러 명이 함께 놀이하게 되어 있었다. 혼자서만 놀기를 좋아하는 요즘 아이들이 사회성을 기르고 친구들과 서로 협동하여 만들기 놀이를 하도록 하자는 취지로 놀이 영역에 들어온 것이었다.

그중 깃발은 완성된 집이나 성의 꼭대기에 마지막으로 꽂는 블록 조각이었다. 힘들여 함께 쌓아올린 커다란 블록이 완성되었음을 최종적으로 확인하는 표식이 되는 셈이었다. 이게 인기가 좋아 아이들이 서로 자기가 꽂으려고 많이 다투었다.

그런데 수진이가 이 레고 블록 놀이와 낮에 화장실에서 있었던 일을 집에서 무심코 엄마에게 말했다. 처음엔 좀 긴가민가한 수진이 엄마는 이걸 친한 동네 엄마들과 공유하기 시작했고, 그녀들이 활동하는 맘카페에서 금방 논란거리가 되었다.

"그런데 왜 이렇게 일이 커진 거죠?"

감사관이 말했다.

"그냥 쉽게 넘어갈 수도 있는데, 초기에 현장에서 적절한 대응이 안 되니 교육청에 계속 투서하고 이 난리를 치는 겁니다."

감사관이 덧붙였다. 그는 짜증스러운 표정이었다.

"어떻게 이런 일이 일어날 수 있어요?"

호출을 받은 나경이 급하게 원장실 앞에 다다르자, 가시를 잔뜩 품은 날카로운 여자 목소리가 복도까지 넘어오고 있었다. 원장실 복도 넘어 바깥에는 여자들 몇몇이 모여 수군거리고 있었다. 화장실 일이 있고 난 후, 득달같이 수진이 엄마가 유치원으로 찾아온 것이었다.

"어머. 수진이 어머니 웬일이세요?"

귀가 버스를 타기 전에 수진이가 나경의 품으로 뛰어들며 '내일 봐. 선뎅님.' 하며 혀 짧은 소리를 하던 기억이 났다. 원장실은 어색하면서도 싸늘한 분위기가 휘감아 돌고 있었다. 수진이 엄마는 힐끔 나경을 쳐다보더니 다시 획 하고 원장 쪽으로 얼굴을 돌렸다. 그러나 원장은 나경에게 준 눈길을 그대로 유지하고 있었다.

"박 선생. 거기 앉아 보세요."

얼음물을 확 뒤집어쓴 듯 서늘한 기운이 나경의 등 쪽으로 지나갔다.

"수진이 어머니 말씀이 반에서 불미스러운 일이 일어났다는데 사실인가요?"

"예? 무슨 말씀을…."

"수진이가 화장실에 있는 동안 남자애들이 들여다봤어요?"

나경의 말이 채 끝나기도 전에 원장이 연이어 질문을 던졌다.

"…."

"아니. 교사라는 사람이 어떻게 자기 반에서 무슨 일이 일어났는지도 몰라요? 무슨 이런 경우가 다 있어?"

수진이 엄마가 원장과 나경 사이를 급하게 치고 들어왔다. 목소리 톤이 급격히 높아졌다. 갑자기 공격당한 나경이 멍한 얼굴을 하며 수진 엄마를 쳐다보았다.

"박 선생. 그 반에 쌍둥이 둘이 있지요? 성우하고 성민이. 어머님 말씀이 그 두 녀석이 수진이가 변기에 앉아 있을 때 들여다봤다는 거예요."

"예? 그럴 리가요?"

나경이 놀라는 표정을 했다.

"제가 요즘 셋이 친하게 지내는 건 알고 있습니다. 하지만 그럴 리가요. 제가 좀 더 알아보겠습니다."

"알아보고 할 것도 없어요! 내가 수진이한테 얘길 전부 들었어요. 여자애가 바지를 내리고 오줌을 누고 있는데, 앞으로 위로 들여다봤으면 이거 성폭력 아닌가?"

수진이 엄마가 또 치고 들어왔다. 수진의 얘기가 녹음된 자신의 휴대전화기를 꽉 움켜쥐고 있었다. 당장 재생 버튼을 누를 기세였다.

"그리고. 쌍둥이라는 애들이요. 걔들 가정교육이 어떻게 된 건지. 참. 그쪽 동네 사람들 애길 들어보니 부부 사이가 문제가 있다고들 하던데. 별거 중이라나 뭐라나? 집구석이 그 모양이니 애들까지. 쯧쯧."

수진이 엄마는 쉴 새 없이 말을 쏟아냈다.

"그리고 세상에 어떻게 이런 일이 벌어질 수 있어요? 그것도 교육기관에서. 우리 수진이에게 이번 일이 트라우마가 되면 여자애가 앞으로 어떻게 살아? 어떤 정신적인 상처가 났을지 생각만 해도 끔찍해. 아주. 아직 수진이 아빠에게는 말하지 않았지만, 이번 건 아무리 생각해도 그냥 넘어갈 수 없어요."

수진이 엄마가 두 눈을 희번덕거리며 말했다.

"어머님. 진정하시고요. 너무 과한 상상은 하지 마셨으면 합니다. 제가 한번 알아보겠….""

"상상이라니! 제가 지금 없는 얘길 하는 겁니까? 우리 수진이는 피해자예요. 성폭력을 당한 거란 말입니다. 가해자 그 둘 그냥 두지 않을 거야."

"저. 어머니. 말씀 중에 죄송한데 만 삼 세 아이들입니다. 아직 남녀 성 구별도 명확히 못 하는 아이들입니다. 어른들이 말하는 남녀 구분과 아이들의 것은 완전히 다릅니다. 그리고 아직 정확한 상황도 모르잖아요? 제가 듣기 좀 민망해서 드리는 말씀인데요. 피해자니 가해자니 하는 그런 용어는 사용 안 했으면 합니다. 우리 아이들이 범죄자가 아니잖아요?"

나경이 수진 엄마에게 조용하게 그리고 천천히 말했다.

"그럼 내가 잘못 알고 있다는 건가요? 그리고 지금 나를 가르치는 거예요? 아니 반에서 그런 일이 벌어지고 있는데 선생은 뭐한 거예요? 남자애 둘 하고 여자애 하나가 같이 화장실에 들어가는데. 응? 이런 거 선생이 통제해야 하는 거 아닌가? 그런 거 하나 관리도 못 하면서 무슨 말이 많아? 원장 선생님. 이래도 되는 거예요?"

"자. 박 선생. 그만하고."

원장이 나경의 가슴팍 앞으로 손을 휘저으며 다시 말을 이었다.

"그리고 어머님. 좀 더 정확한 내용은 파악해 보겠습니다. 우선 이런 불미스러운 일이 일어난 것에 대해선 저희가 정식으로 사과드립니다. 이런 일 때문에 저희도 이번에 화장실 증축 공사를 하는 겁니다."

"그런 건 내 알 바 아니고. 인제 와서 뭘."

"그리고 어머니. 저희가 좀 더 진상을 파악할 테니까 일단 어떤 결론이 날 때까지 이번 건은 저희와 어머님만 아는 것으로 했으면 합니다. 주위에 알려지면 불필요한 오해가 일어날 수도 있고."

"아니. 담임이 수업 시간에 애들 관리도 제대로 못 하는데 말을 안 한다고 비밀이 유지되겠어요?"

수진이 엄마는 팔짱을 낀 채 나경과 원장을 노려보았다. 원장의 거듭된 사과에 대해서도 차갑게 자기 아이의 피해에 대해 합당한 후속 조치를 해 달라고 했다.

그리고 원장실을 나가자, 아까 바깥에서 웅성거리던 여자들이 과자 부스러기에 모여드는 개미 떼처럼 일제히 수진 엄마에게 모여들었다.

"저 정도 되면 이미 맘카페 같은 데는 전부 공유되었을 거야. 동네방네 온갖 소문도 다 퍼졌을 테고. 휴."

"원장 선생님. 수업 중에 화장실 통제를 못 한 것은 제 잘못입니다. 일단 아이들과 면담을 해 봐야 하겠지만, 아동의 발달상, 이번 일이 이렇게 문제가 된다는 것에 대해선 사실 전 이해가 잘 안 됩니다. 제가 애들을 현장에서 가르친 시간은 짧지만, 쌍둥이 애들의 키로 봐선 칸막이 안에 앉아 있는 수진이 정수리도 볼 수 없습니다. 칸막이 높이가 얼추 제 가슴까지 오거든요."

삼세는 남녀 성에 대한 구별이 명확하지 않고, 신체 구조가 다름에 대한 단순한 호기심 수준이라는 아동발달학의 내용을 나경이 기억해냈다.

"그게 아니라. 수진이 엄마 얘기론 옆 칸 변기 위에 올라가서 내려
다봤다잖아. 한 애는 문틈으로 들여다보고."

"…."

"그건 그렇고 박 선생. 지금 상황 모르겠어요? 수진이 엄마 쉽게 물
러나지 않을 거야. 아마 지금쯤 그쪽 동네 여자들도 다 알고 있을 거
야. 지금 단순한 상황 아니야! 현명하게 대응해야 한다고. 일단 무조
건 잘못했다고 하세요. 또 그 학교서 배운 교육학이니 아동발달학 그
런 거 여기선 다 필요 없어. 그런 건 그냥 이론일 뿐이야. 요즘처럼 애
들도 없는데 소문이라도 나 봐. 정말 큰일이야! 유치원 문 닫아야 해!"

"…."

"들어서 아는지 모르겠지만, 재작년에도 비슷한 일이 하나 있었
어. 박 선생 옆 반 열매 반에서 말이야. 그러니 이번 일도 빨리빨리
끝내야 한다고!"

나경은 옆 반 열매 반 선생으로부터 그 얘기를 들었다. 사세 반에
서 남자아이 하나가 친하게 지내던 여자애 무릎을 베고 누웠는데 남
자아이가 일어나면서 바닥을 짚는다는 게 그만 여자애 허벅지를 눌
렀고 그 바람에 손톱 끝에 허벅지 피부가 조금 상처가 난 것이었다.
그걸 두고 여자애 아빠가 '유치원이 룸살롱이냐? 룸살롱에서나 하는
것처럼 여자 치마 속으로 손이 들어갔다.'라고 하면서 성추행이니 뭐
니 해서 한바탕 난리가 났던 사건이었다. 결국 원장과 선생이 무릎

을 꿇고 싹싹 빌었고 보험을 든 원장은 보험으로, 미처 보험에 들지 못한 선생은 월급을 헐어 위로금을 해 주어 종결되었다.

"저번 이음 교육 협의 시간에 유치원에서 문제가 된 아이들이 초등이나 중학교서 다시 만나 서로 폭력을 행사하고 부모들이 또 서로 고발하는 상황까지 갔다는 얘기를 들었어요."

나경이 관내에 있는 유치원과 초등학교 간 교육 연계 활동을 협의하는 이음 교육 협의회에 참가했던 이야기를 꺼냈다.

"그건 우리가 알 바 아니고."

"유치원에서 문제를 회피해 버려 잘못되면 오히려 키우는 꼴이…."

"그만. 초등으로 올라가 서로 싸우든 말든. 우리하고는 상관없어."

원장이 짜증스럽게 나경의 말을 끊었다. 그리고 나경에게 비장한 표정으로 다짐을 두었다.

"아무튼, 이번일 사실관계를 먼저 파악해요. 도대체 아이들 관리를 어떻게 했기에 일이. 아. 참! 그리고 아이들하고 면담할 때 조심하도록. 필요하면 녹취하든지. 나중에 애들이 다른 소리를 할 수도 있어."

원장의 입에서 나온 녹취라는 말이 나경에겐 음식 쓰레기 통에 얼굴을 들이민 것같이 불편했다. 구토 증세가 목에서 올라왔다.

"의견서에는 여자애 정수리와 칸막이 안쪽 벽만 본 것 같다고 되어 있네요."

감사는 별도의 사무실에서 진행되고 있었고, 나경은 감사관과 탁자 하나를 사이에 두고 마주 앉아 있었다. 유치원의 자체 의견서를 들여다보며 감사관이 입을 열었다.

"사실 그 부분에서 양쪽 의견이 서로 다릅니다. 변기를 딛고 내려다봤다는 아이도 엉덩이를 봤는지 아닌지, 문틈으로 들여다본 아이도 봤는지 아닌지 말이 왔다 갔다 합니다."

"기억을 못 하는 겁니까? 아니라는 겁니까?"

감사관이 나경에게 다그치듯 물었다.

"애들이 다들 처음에는 잘 모르겠다고 했는데 집에 가서 말이 바뀌었습니다. 수진이는 쌍둥이가 봤다고 그러고 쌍둥이는 안 봤다고 그러고."

"왜요?"

"아마 어른들이 자기들 쪽으로 유리하게끔 자꾸 다그치니까 그런 것 같습니다."

그때 밖에서 불던 바람이 교실로 밀려 들어왔다. 창문이 덜컹거렸고 탁자 위에 얹어 놓은 종이 몇 장이 바닥으로 떨어져 내렸다. 나경이 감사 수검용으로 가져온 것이었다. 나경은 얼른 허리를 굽혀 종이를 집으려 하였으나 뒤이어 불어온 바람이 종이를 또 저만치 밀어냈다. 나경은 몇 발짝 앞으로 다가가 허리를 굽혔다. 주간 학습계획이라는 제목이 인쇄된 종이는 바닥에 납작 붙어 있었다. 종이는 바닥에서 잘 떨어지지 않았다. 허리를 접어서인지 숨이 가빠왔고, 바닥에서 종이를 집어 올린 손끝이 약간 떨렸다.

감사관은 그런 나경을 멀뚱하게 내려다보고 있었다. 또 교실 창문 사이로 바람이 불어왔다. 나경은 탁자 위의 종이를 오른손으로 꽉 눌렀다.

"아이들에게 화장실 사용 교육을 여러 번 했는데 수진이가 깃발 블록 조각을 들고 화장실을 가자, 쌍둥이가 그 시간을 기다리지 못하고 따라 들어간 것 같습니다."

"…."

"애들이 마지막에 깃발 블록을 서로 꽂으려고 다투거든요."

나경이 그동안 실시한 화장실 사용 교육 실적 자료를 감사관에게 넘겨주며 말했다.

"세 번 했네."

감사관은 혼잣말로 중얼거렸다. 그리고 자료를 옆으로 툭 던졌다.

"그래서 그때 선생님은 뭘 했어요? 남자애들이 화장실에 따라 들어갈 때요."

또 조금 전에 했던 질문을 감사관이 던졌다. 되돌이표처럼 이 질문으로 다시 돌아온 것이었다.

"소꿉놀이 영역에서 싸우는 아이들이 있어서 지도하고 있었습니다."

나경은 이 질문에 벌써 몇 번째 답하는 건지도 잊어버렸다. 쌍둥이가 화장실을 따라 들어갈 때, 자신이 '교실에 있지 않고 다른 데서 차 마시며 수다를 떨고 있었어요.'라고 대답하면 감사관이 의기양양한 웃음을 띠고 좋아할 것인지 궁금했다.

"싸운 애들 이름이 뭐라고 했죠?"

'조금 전에 답한 싸웠던 아이들 이름하고 달라지길 기다리고 있겠지?' 하고 나경은 생각했다. 그러면 '아까 얘기한 이름하고 다른데 진짜 애들 싸움을 말린 게 맞습니까?' 하고 캐물을 것이 분명하다고 생각했다.

"아까는 싸운 데가 모래 놀이장이라 하지 않았나요?"

감사관은 나경을 빤히 쳐다보며 또 물었다. 창문 너머에서 또 한 가닥의 바람이 불어왔다.

"2단지 204동이면 임대죠?"

"전 그런 거 잘 모릅니다."

자기 얼굴을 빤히 쳐다보며 물어오는 쌍둥이 아빠의 질문에 나경은 짐짓 이해 못 하겠다는 표정을 지었다.

"여자애 집이 거기 아닙니까?"

"확인해 드릴 수 없습니다. 아버님."

재차 질문을 던지는 그에게 나경이 단호하게 거부 의사를 표시했다.

"여보. 거기 201동에서 205동까지 전부 임대야."

옆에서 듣고 있던 쌍둥이 엄마가 남편의 팔을 잡고 기어들어가는 목소리로 말했다. 둘은 약간 비웃는 듯한 눈길을 나누고 있었다.

"그쪽 동네 사람들 얘길 들어 보니, 그 집 아저씨가 술주정뱅이에다 공사장 일용직이래."

쌍둥이 엄마가 입을 가리고 귓속말로 남편에게 소곤거렸다.

"흠. 그리고요. 선생님. 어른들이면 모르겠는데 키가 작은 아이들은 엉덩이를 볼 수 없어요. 더구나 백 럭스(Lux) 겨우 넘은 어둑한 화장실에서."

쌍둥이 아빠는 짐짓 조금 전 아내의 말을 못 들은 것처럼 표정을 바꾸며, 다른 곳으로 대화의 초점을 옮겼다. 그의 주장은 옆 칸 변기 위에서 내려봤다 해도 수진의 긴 머리와 당시 상의로 입었던 티셔츠 때문에 엉덩이를 볼 수 없다는 것이었다. 그는 확신에 차 있었다.

"선생님. 우리 성우, 성민이를 성범죄자로 만들 수는 없어요. 흑. 우리 애들이 그런 짓을 할 리가 없어요. 선생님. 우리 성우, 성민이 이제 어떻게 돼요?"

쌍둥이 엄마는 어느새 울먹이는 목소리가 되어 있었다.

"우리 애들이 성범죄자가 되면. 흑, 앞으로 대학을 가고 취업할 때 어떻게. 또 결혼은요?"

"제가 화장실에서 직접 재 봤는데, 애들 키로 변기 위에 올라서면 전체 높이가 142센티가 돼요. 밀리미터는 생략할게요. 애들 키가 110센티이고 변기 높이가 32센티예요. 너무 억울해서 제가 현장에 우리 애들을 직접 데리고 가서 시연을 한 번 해보려고 했는데 애들한테 더 상처가 된다고 집사람이 한사코 말려서 못 했어요."

쌍둥이 아빠는 어린아이 모양의 마네킹까지 들고 있었다.

"142센티 높이로 옆 칸에 앉아 있는 사람을 보려면 약 십도 정도 몸을 앞으로 기울여야 합니다. 그 상태로 내려다보면 정수리밖에 안 보여요. 애들이 키가 작아 각도를 십도 이상 더 기울인다 해도 엉덩이까지 눈길이 가질 않아요. 의심스러우면 직접 화장실에 가서 보여줄게요."

쌍둥이 아빠는 원장실 탁자 위에서 종이로 그림을 그려 가며 설명하기 시작했다.

"예. 아버님. 그건 잘 알겠…."

"그리고 문틈도요. 아까 애들 손이 끼일까 봐 문틈을 조금 넓게 했다고 하지만 2센티예요. 그 사이로는 안을 자세히 볼 수가 없어요. 어두컴 곳을 들여다봐도 잘 보이지 않아요. 건너편 벽밖에 안 보여요. 혹 아래쪽으로 들여다봤다 해도 변기하고 신발하고 발목밖에 더 보이겠어요?"

"…. 저, 말씀드리기 좀 죄송하지만, 아이들이 봤는지 아닌지 아직 명확한 것은 없으나 그래도 피해를 보았다고 하는 쪽이 있으니 원만한 해결을 위해서 먼저 사과를 좀 하심이…."

원장이 쌍둥이 아빠를 쳐다보며 주저주저하였다.

"예? 아니! 왜 우리가 사과해야 합니까?"

"그래도 피해를 봤다고 저렇게 난리를 치니."

"아니요! 우리가 사과하면 그 사람들에게 우리가 잘못했다는 것을 시인하는 꼴이 되잖아요? 그런데 사과하라니요?"

"…."

"제 주위 친구 중 변호사들이 많습니다만, 법적으로 따져도요. 이건 아무 문제가 없어요. 그냥 아이들 사이에 일어날 수 있는 사소한 겁니다."

"어쨌든 문제는 풀어야 하잖아요. 아버님."

"나 참! 기가 막혀서. 아무리 그래도 이건 아니잖아요. 유치원에서 아이들 관리를 잘못해 놓고 하지도 않은 것을 우리 애들한테 뒤집어 씌우겠다니? 이게 무슨 경우입니까?"

쌍둥이 아빠가 양손을 허리춤에 올리고 두 눈을 부라렸다.

"주위에서 이 유치원이 그래도 평판이 괜찮다고 해서 보냈더니만. 어쨌거나 선생님. 우리 아이들은 변기 위에 올라간 적도 없고요. 설사 변기 위에 올라갔다 해도 물리적으로 수진인가 하는 여자애 엉덩이를 볼 수도 없어요. 문틈으로 봤다는 것도 마찬가지고요. 한 적도 없는 일에 대해 왜 우리가 저쪽 사람들에게 사과해야 합니까?"

그때, 유치원 입구 쪽 복도에서 시끄러운 소리가 들렸다.

"원장이 어떤 년이야! 나와!"

"…."

"선생이 어떤 년이야! 안 나와?"

급하게 복도를 뛰는 발걸음 소리가 여기저기서 들렸다. 원장실 안에서 쌍둥이 부모와 면담하고 있던 원장과 나경이 자리에서 일어났다. 문을 열고 주춤주춤 복도로 나갔다. 원장실은 복도 끝에 있었다. 수업 중이던 몇몇 선생들은 영문도 모른 채 복도로 얼굴을 내밀고 있었다.

"어떻게 할 거야? 엉?"

복도 저쪽에서 한 남자가 불편한 걸음걸이로 다가오고 있었다. 궁금해 복도로 얼굴을 내밀고 있던 몇몇 선생들은 얼른 안으로 숨어 버리고 교실 문을 꽝하고 닫았다.

남자는 왼쪽 다리 무릎 위까지 흰 붕대를 칭칭 감고 목발에 의지한 채 뒤뚱거리며 걸어오고 있었다. 원장실로 다가온 남자는 다짜고짜 문을 비집고 들어와 조금 전 원장과 나경이 앉았던 소파에 걸터앉았다. 독한 술 냄새가 풍겼다. 그리고 붕대로 감은 다리를 회의용 탁자 위에 척 걸쳤다.

나경은 그 모습이 아직 한 번도 본 적 없는 영화 속의 한 장면처럼 아득하고 생경했다. 남자는 짚고 왔던 목발을 소파 옆에 걸쳐 두고 큰 소리로 외쳤다.

"아이 씨발! 이래도 되는 거야? 애를 믿고 맡겼는데 이렇게 해도 되는 거냐고? 응?"

목발을 다시 들어 올려 탁자 위를 탕탕 쳤다.

"애들 관리를 어떻게 하는 거야? 두 새끼가 여자애 하나를 화장실에서 성추행하는데 그걸 방치하고. 이게 말이 돼? 이런 게 선생이라고? 따뜻한 교실에 앉아 편하게 사는 것들이. 이것들을 확 다 잘라 버려야지. 씨발. 내가 아예 이 바닥에 발을 못 붙이게 할 거야. 응?"

수진이 아빠였다. 원장과 나경은 문밖에 엉거주춤 서 있고 탁자 앞에 앉아 있던 쌍둥이 아빠는 어느새 소파에서 벌떡 일어나 엉거주춤 수진이 아빠를 내려다보고 있었다. 그는 마른 입술을 혀로 닦으며, 침을 꼴깍 삼켰다.

"제기랄. 일하다 다친 것도 스트레스받는데 또 이런 개 같은 일까지 당해 내가 아주 미치겠네. 미쳐!"

수진이 아빠는 자기 다친 다리를 쳐다보며 말했다.

"이 정신적 스트레스로 인한 피해 이거 어떻게 할 거야? 응? 말해봐! 어떡할 거냐고?"

감사관은 조금 전 책상 한쪽 편에 밀어 두었던 유치원 자체 의견서를 한쪽 손으로 집어올렸다. 나경을 한번 힐끔 쳐다보고 난 후, 감사관은 안경을 고쳐 썼다. 그의 안경에 햇볕이 반사됐다. 나경은 눈이 부셔 잠깐 눈을 찔끔 감았다 다시 떴다.

"유치원 자체 성교육 정도로는 안 된다는 거죠?"

"네, 저와 원장 선생님이 수진이 어머니에게 여러 번 얘기했지만 받아들이질 않고 있습니다."

"…"

감사관은 보고서를 여기저기 간헐적으로 뒤적거렸다.

"원장 선생님. 들어 보세요. 저희도 안타깝지만 이건 징계위원회에 상정될 가능성이 있습니다."

감사 결과를 듣기 위해 호출된 원장에게 감사관이 말했다.

"물론 들어가서 좀 더 살펴보아야 하겠지만. 수업 중에 선생님이 아이들 관리에 부주의한 부분도 있고. 화장실 증축 공사 중이고 또 열악한 현장 사정은 이해가 가지만 그렇다고 그게 정당한 사유가 될 수는 없습니다."

"감사관님. 저희가 다시 한번 더 수진이 부모에게 사과하겠습니다. 그리고 쌍둥이 부모와도 다시 한번 얘기를 해서 최대한 좋은 방향으로 해결해 보려고 합니다. 우리 선생님이 졸업하고 현장에 온 지 얼마 안 돼 대처에 미흡했습니다. 감사관님. 시간을 좀 더 주십시오."

"정원 초과한 것도 있습니다. 알고 계시죠?"

얘기하는 원장에게 감사관이 무표정하게 툭 던졌다. 원장이 무엇에 찔린 듯 어깨를 움찔하였다.

"어떻게 보면 선생님이 대처에 미흡할 수밖에 없었던 게 정원 초과 때문인지도 몰라요."

"…."

"아무튼 일이 이렇게 커지기 전에 뭔가 조치를 하시지 그랬어요? 피해자 부모가 교육청에 투서하고 또 여기저기 압력을 넣고. 아이고. 참. 우리도 도통 일을 할 수가 없어요. 우리도 어쩔 수가 없습니다. 솔직히 이런 사람은 자기 뜻대로 안 되면 여기가 끝이 아닙니다."

감사관은 눈가를 찌푸리며 말을 이었다. 눈가에 주름이 잔뜩 올라왔다.

"분명히 경찰까지 갈 사람들이에요. 세 살이든 네 살이든 정수리든 궁둥이든 그건 잘 모르겠고 이게 나중에 시끄러우면 우리도 문제가 돼요. 그래서 우리도 현장에 나와 조사하고 필요하면 관련 위원회를 열어 결과를 남겨 둘 수밖에 없는 거예요. 잘 아시잖아요? 원장 선생님. 아실 만한 분이 일을 이렇게 키웁니까?"

"제가 수업 중 아이들 관리에 부주의한 부분은 인정합니다. 하지만 화장실 건은 억울합니다. 제 생각이지만 이번 일의 여러 정황과 만 삼 세의 발달 과정에 미루어 볼 때 문제가 되지 않는다고 생각합니다."

나경이 끼어들었다.

"그건 저희가 판단할 영역이 아니고요. 선생님. 저희는 규정에 따라 제대로 유치원이 운영되고 있는지 아닌지만 봅니다. 그리고 전 아동발달학이니 그런 거 잘 모르고요. 엉덩이를 본 것이…. 아. 봤는지 아닌지는 분명하지 않지만, 선생님이 말씀하시는 것처럼 문제가 되는지 아닌지는 법적으로 한 번 다퉈 보세요."

"감사관님. 이런 일에 대한 중심을 교육청에서 잡아 주지 않으면 누가 해요? 그러면 매번 이런 유사한 일이 있을 때마다 현장에서는 사회법에 의존해야 하는 겁니까?"

나경이 목소리를 높였다.

"보세요. 선생님. 저한테 왜 그러세요? 솔직히 저희는 공무원입니다. 공무원이 무슨 힘이 있습니까? 시키면 그냥 시키는 대로 하는 공무원이."

"감사관님. 그래도 아닌 건 아닌 거잖아요? 제가 아무리 생각해 봐도 이건 아닙니다. 이런 식으로 문제를 넘겨 잘못되면 초등이나 중등 상급학교로 올라가면서 상황을 더 악화시킬 수도 있습니다. 교육이 사회법으로 전부 해결될 수는 없는 거잖아요."

"아니. 지금 조정이 안 되잖아요."

"아동 발달상 이번 건은 사소한 겁니다. 협조만 해 주시면 아이들이 충분히 예전의 상태로 돌아가 문제없이 지낼 수 있습니다. 걱정하시는 것처럼 아이들 심리상 상처가 남지 않는다고 판단합니다. 제가 이 아이들을 거의 1년 가까이 현장에서 계속 지켜봐 왔잖아요? 그러니 과하게 반응하는 학부모들에게…."

"그만합시다."

"…."

"그러니까 소비자인 학부모한테 잘하시지 그랬어요? 고객이 왕인데."

"교육을 전부 장삿속으로만 합니까?"

나경이 기다리지 않고 감사관에게 되물었다.

감사관의 말대로 교육청에서는 나경과 원장에게 징계를 상정했고 수진이 부모는 경찰에 고소했다.

경찰은 나경과 쌍둥이 그리고 수진을 불러서 처음부터 다시 조사했다. 조사 도중 나경은 눈물을 보였고 아이들도 제복을 입은 경찰이 무서웠는지, 혹여 피해를 볼까 봐 지레 겁을 먹은 엄마의 표정 때문에 그랬는지, 왕 하고 울음을 터트렸다. 나경은 조사 도중 눈물을 보인 자신이 죽고 싶을 만치 싫어서 또 눈물이 나왔다.

그 사이, 원장은 돈봉투와 과일을 사 들고 수진이 엄마를 찾았다. 제발 맘카페만이라도 이번 사건에 대한 게시글을 좀 내릴 수 없느냐고 사정했는데, 빨리 서두르시지 너무 늦지 않았냐는 말을 답으로 돌려주었다. 그러면서도 돈과 과일을 못 이기는 척 받으며 카페지기에게 부탁은 해 보겠노라고 말했다. 카페지기가 자기와 친자매처럼 지내는 사이라는 말도 하면서.

나경이 경찰서로 다니는 중, 원장과 동료 선생들은 단 한마디도 조사 관련되어 묻지 않았다. 그들은 마치 더러운 물건 보듯 나경을 슬금슬금 피했다. 말을 섞으면 자신에게 똥물이라도 튀기는 듯, 황급히 시야에서 사라졌다.

그때, 나경은 우연히 대학 3학년 때 아동발달학을 가르친 교수가 누구였는지 기억하려 했지만, 도통 기억이 나질 않았다. 어린 아동의 나이에 따른 발달 사항을 열정적으로 강의하던 교수의 목소리나 어투는 생생하게 기억하나 이름과 얼굴이 도통 기억나질 않았다. 기억하려고 애쓸수록 점점 더 깊은 망각의 늪에 빠져들어 가는 기분이었다.

"각 발달 단계에 나타나는 아동의 특징을 현장에서 적절히 대처하는 것은 매우 중요합니다. 그래서 아동의 양육 환경에 따른 개인별 특징을 여러분이 면밀히 파악하고 있어야 합니다. 그래서 앞으로 여러분 같은 현장 전문가의 역할이 무엇보다 중요합니다."

덜컹하고 원룸의 창문이 흔들리는 소리가 들렸다. 어둠이 창문을 넘어 방 깊숙이 파고들고 바람에 휘둘린 빗방울이 창틀에 부딪혀 대롱대롱 매달렸다. 침대에 바로 붙어 있는 소파가 보였다. 그리고 반대쪽 벽으로 싱크대가 보였다.

나경이 얼른 손으로 얼굴을 만졌는데 화장이 대충 지워진 얼굴 위로 뻑뻑한 느낌이 전해져 왔다. 어젯밤에 화장도 제대로 못 지우고 잠자리에 들었음이 분명했다. 그때 후 하는 소리가 들렸는데 바람 소린지 사람의 한숨 소리인지 구분이 잘되지 않았다.

"누… 구…."

싱크대 쪽에 어둑하게 사람의 형태가 보였다. 조그마한 몸집의 형태가 여럿 뭉쳐져 있었다.

그때, 창문이 또다시 덜컹거렸다. 아까와는 다른 느낌으로 흔들렸다. 그녀가 창문으로 눈길을 돌리자 흔들리는 창문 유리가 터질 듯이 배를 부풀렸다.

만삭의 임산부 배처럼 유리가 방 안으로 휘기 시작하고 이윽고 평하며 터지고 연이어 시커먼 물길이 방안으로 우르르 쏟아져 들어왔다. 홍수에 둑이 터지듯이 시커먼 그것이 몰려 들어왔다.

물길이 싱크대 벽에 강하게 부딪혀 공중으로 흩어졌다. 나경이 자리에서 일어났다. 시커먼 물길이 현관문에 꽝하고 부딪치자, 현관문이 바깥으로 힘없이 열렸다. 그때 바람이 안으로 훅 불어오고 번쩍하는 빛이 공중으로 날아갔다. 팔뚝에 소름이 오소소하게 올라왔다.

"안 돼! 얘들아. 선생님에게 와!"

나경이 아이들 있는 쪽으로 뛰어가 그 앞을 가로막았다. 시커먼 물길이 그녀의 가슴팍으로 밀려 들어왔다.

검은 물길이 그녀의 몸을 휘감았다. 물길을 쳐내려고 허공을 향해 손을 여러 번 휘둘렀다. 하지만 그것은 낄낄거리며 손길을 피해 나갔다. 그 사이사이 수진 부모의 독기 어린 입 모양이 빠르게 스쳐 가고, 쌍둥이 부모의 화난 얼굴이 물길에 묻혀 지나가는 듯하였다. 그리고 경찰 제복의 푸른 앞섶이 보이고 원장의 차가운 눈빛과 감사관의 무심한 눈길이 언뜻 검은 물 안으로 비춰 보였다.

나경이 진저리 치며 계속 두 손을 휘둘렀다. 그러자 손바닥 가운데 뭔가 꼬물거리는 움직임이 잡혔는데 손을 펴니 하루살이 같은 투명한 날개를 가진 벌레 여러 마리가 꿈틀거리고 손바닥이 몹시 가려웠다. 그런데 벌레 소리는 들리지 않았다. 얼굴을 위로 들자, 마치 물결이 치듯 벌레들이 공중에서 이리저리 몰려다녔다. 순간 윙윙하는 소리도 일제히 들리는 것 같았는데 느낌이 그런지 분명하진 않았다.

이게 뭐야?

뭔가 이상하다는 느낌이 온몸에 전해졌다. 허겁지겁 도망가듯 아악 하고 소리를 지르지만, 실제 그랬는지는 전혀 알 수가 없었다.

꿈에서 깼지만, 아직 눈앞에 투명한 날개를 가진 벌레가 날아다니는 것 같았다. 나경은 침대 모서리에 걸터앉아 있는 자기 모습이 낯설었다. 앞을 보니, 화장대 거울에 젊은 여자의 모습이 보였고 손을 내밀어 화장대 위로 가져가자, 거울 속 여자도 따라 했다. 손끝에 시커먼 벌레의 몸통이 끈적끈적한 체액과 함께 눅진하게 붙어오는 것 같았다. 얼른 손을 뒤집었다. 손바닥이 보였다. 날개와 머리가 없어진 벌레의 몸통이 덕지덕지 붙어 있는 것 같았다.

"흐⋯."

숨을 내쉬었는데 온전하게 소리가 나오지 않았다. 대신 입 가장자리로 맥없이 바람 빠지는 소리만 났다. 천천히 일어나 식탁 옆으로 갔다. 식탁 위에는 며칠 전 병원에서 받아온 하얀 종이봉투가 입구가 구겨진 채 놓여 있었다. 봉투를 열고 투명한 비닐에서 캡슐과 알약을 끄집어냈다.

그 병원 천장에는 '신경정신과'라는 팻말이 불안하게 매달려있었다.

일상의 일들이 당신의 생각대로 진행되고 있나요?
● *기대하지 않습니다.*
꼭 해야 하는 일을 처리할 수 없을 때, 어떻게 하나요?
● *모르는 척합니다.*

통제할 수 없는 일로 화난 경험이 얼마나 많이 있었습니까?

● *기억을 할 수 없습니다.*

당신은 자신의 미래가 어떠하리라 믿습니까?

● *그럭저럭 살아가면 좋겠습니다.*

나경은 병원에서 자신의 꿈 이야기를 할 때나 질문지 항목을 따라 갈 때, 의사가 나중에 자신에게 어떤 질문을 할까 궁금했다.

"양보할 수 없는 나만의 기준이 강할수록 현실에서 받는 상처가 크죠."

의사가 이해할 수 없는 말을 했다.

"나만의 기준이요?"

나경이 이해 못 하겠다는 표정으로 말꼬리를 올렸다.

"고집이 센 편인가요?"

이번에는 의사가 말꼬리를 올렸다.

"그런 것 같지는 않아요."

"요즘 무엇이 제일 불편한가요?"

의사는 꿋꿋하게 말꼬리를 올리고 있었다.

"꿈을 꾸지 않았으면 정말 좋겠어요. 꿈이 없으면 편하게 살 수 있을 것 같아요."

의사는 극도의 스트레스를 받으면 일어날 수 있는 일시적인 현상이라고 무덤덤하게 얘기했다. 충분히 예상했던 답이었다. 심리적인 문제라 마음을 편하게 가지라고 의사는 말했고 그녀는 '네.'라고 짧게 말했다.

"자. 선생님을 따라 하는 거예요. 코. 코. 코. 내 코는 소중해."

"코. 코. 코. 내 코는 쪼중해."

수진이도 반 아이들 틈에 앉아서 따라 하기 시작했다. 쌍둥이는 평판이 좋다는 다른 유치원으로 옮겼고, 수진이는 그럭저럭 다른 아이들과 어울려 하루하루를 보내고 있었다.

"아무리 생각해 봐도 임대가 없는 곳으로 이사를 가야 할 것 같아요."

쌍둥이 엄마는 매우 심오한 깨달음을 얻은 듯 말했다.

"평수도 늘리고요. 그게 가장 큰 문제였던 것 같아요."

그녀는 이제야 정답을 찾았다는 표정으로 마지막 인사도 하지 않고 휑하고 돌아섰었다.

아이들은 작은 오른쪽 검지로 자기 코를 가리켰다. 아이들은 눈망울을 초롱초롱하게 빛내면서 나경을 따라 하기 시작했다.

"입. 입. 입. 내 입은 소중해."

"입. 입. 입. 내 입은 쪼중해."

나경이 자기 입을 짚으며 선창하자 아이들은 신이 나서 따라 했다.

"엉덩이. 엉덩이. 엉덩이. 내 엉덩이는 소중해."

"엉데이. 엉데이. 엉데이. 내 엉데이는 쪼중해. 혜. 혜. 혜."

의뭉하게 따라하던 아이들이 서로의 엉덩이를 손가락으로 찌르며 깔깔댔다.

"친구 엉덩이를 찌르면 안 되는 거야. 알았죠? 친구의 엉덩이는 소중한 거예요. 그러니 어떻게 하면 좋을까요?"

"만지면 안 돼요!"

"또?"

"찔러도 안 돼요!"

이야기 나누기 시간을 이용하여 아이들에게 노랫말을 개사해 성교육을 시키고 있었다. 나경은 이야기 나누기 시간 후, 자유 놀이 시간으로 아이들이 자기가 좋아하는 영역에 가서 놀도록 하였다.

아침 먹은 게 체했는지 아랫배에 바위가 매달린 것처럼 불편했다. 참다 참다 할 수 없이 급하게 화장실에 들어와 앉았다. 변기 위에 엉덩이를 걸치고 앉아 아랫배에 잔뜩 힘을 주려는 순간이었다.

"이… 씨…."

화가 잔뜩 난 소리가 들렸고 연이어 수진이가 자지러지듯 고함을 치는 소리가 들렸다. 얼른 바지를 추스르고 교실로 달려갔다.

레고 블록 앞에서 남자와 여자아이 여럿이 일어서서 씩씩거리고 있었다.

"넌 저리 가아! 우리 엄마가 너 보고 거지 새끼래!"

아이들이 수진을 보고 소리치고 있었다. 수진이도 아이들의 선제공격에 뒤로 밀려난 채, 울먹이며 악을 쓰고 있었다.

"싫어! 나도 할 거란 말이야!"

오전 내내 남자와 여자애 여럿이 낑낑거리며 지어올리던 집과 성 모양이 거의 완성 단계에 이르러있었다. 하지만 다른 영역에서 놀고 있던 수진이가 다가오자, 그곳에 있던 아이들이 수진을 거부하고 나선 것으로 보였다.

"얘들아. 싸우지⋯."

나경의 말이 채 끝나기도 전에 수진이가 순식간에 상대편 애들한테 달려들었다. 그리고 여럿이서 서로 뒤엉켜 앞뒤 좌우로 흔들리다 블록 윗부분을 건드렸다.

그러자 제일 위에 있던 깃발 블록이 바닥에 툭 떨어지며, 그 충격으로 꼭대기 부분이 심하게 흔들리기 시작했다.

나경은 엉켜 싸우는 아이들을 말리러 달려갔다. 하지만 나경의 손길이 미처 닿기도 전에 아이들이 균형을 잃어버리고 블록 더미 위로 엎어지고 있었다. 나경은 쓰러지는 아이들을 두 손으로 움켜잡으며 무릎을 꿇었다.

하지만 나경이 아이들을 뜯어말리느라 양쪽 품으로 그들을 분리해 안고 있을 때, 커다랗게 솟아오른 성과 집 모양의 블록들이 와르르 나경의 무릎 위로 무너져 내렸다. 그녀는 두 팔로 아이들을 품은 채, 수없이 많은 낱개의 조각으로 무너져 널브러져 있는 레고 블록의 모습을 멍청히 보고 있었다.

그때, 그녀는 아동발달학을 가르치던 교수의 얼굴과 이름을 분명히 기억해 냈다. 그렇게 머릿속에서 맴돌던 것이 화살이 날아와 과녁에 박히듯 그녀의 뇌리에 들어찼다. 무너진 레고 블록을 보고 생각이 났는지, 수진이 울먹이는 소리 때문에 그런지, 씩씩거리며 화난 아이들 때문에 그런지, 그녀로선 도저히 알 수 없었다.

다만 그는 나이가 무색하게 열정적이던 백발의 노교수였는데 관절이 좋지 않아 절뚝거리던 그의 걸음걸이가 생각났다. 그 교수는 1학년 때 아동심리학도 같이 가르쳤는데 나경이 졸업하던 그해까지 한해 한해 그의 절뚝거림은 점점 더 심해져 갔다. 끝.

성 밖에서

창밖을 보던 여자가 눈길을 거두었다.

모니터 오른쪽 아래에 박혀 있던 메신저 버튼이 빨간색으로 깜빡이고 있었다. 마우스를 버튼 위로 옮겼다.

대상 기간 : 2월 하반기

1. 근태 : 지각(2회), 외출(1회)

2. 평가 : 7.0

새로 열린 창에는 상세 평가표가 전체를 가득 채웠다. 십여 가지가 되는 평가 항목들이 열병식을 하듯 늘어서 있었다. 경청, 확인, 정확성, 속도, 공감, 안내, 만족도….

그것들을 보자,

'에이씨. 왜 내가 했던 말 자꾸 따라 하는 거야? 바빠 죽겠는데 짜증 나게.'

하며 전화통에 버럭 화를 내던 어떤 남자 고객이 생각났다.

'네, 고객님. 많이 불편하셨죠? 고객님 요구사항을 정확히 확인하는 겁니다. 협조 부탁드립니다.'

라고 그녀가 상냥하게 답했었다. 그러자

'그러니까 빨리 알려 달라고! 너 귀에 못 박았나?'

라고 그 남자가 소리를 꽥 질렀고

'또 말은 왜 이리 느려? 응?'

하고 덧붙였다.

그 뒤에도 남자가 수화기 너머에서 격하게 몰아붙이던 기억이 스멀거리며 올라와 가슴이 콩닥거리고 숨이 급격하게 가빠왔다.

평가점수가 이번 달 들어서도 바닥이다. 이쯤 되면 주 내로 호출이 있을 것이다. 이번에는 아들의 담임 면담이 있었고 아침잠이 많은 아들 덕분에 지각이 있었다.

답답한 가슴을 비우려고 숨을 크게 들이쉬었다가 이내 토했다. 책상 위에 있던 종이 몇 장이 몸을 들썩이며 자리를 조금 옮겼다. 건너편 빌딩 창문이 빗줄기 속에서 흐릿하게 보였다. 칙칙한 때가 묻은 유리창에 빗줄기가 점점 더 강하게 부딪치고 있었다.

여자는 핸드백에서 팩트 파우더 쿠션을 꺼냈다. 그리고 거울이 붙어 있는 윗면을 거의 직각 이상으로 넘어가도록 밀어 올렸다. 잠깐 멈칫하던 그녀는 쿠션을 왼손으로 넘겨받고 오른손으로는 앞으로 처진 머리를 뒤쪽으로 쓸어 넘겼다.

부석부석한 머리가 귀 뒤에서 서로 엉겼다. 바짝 앞으로 들이댔으나, 거울은 그녀의 얼굴을 전부 담아내진 못했다. 머리를 이리저리 돌려가며 거울 속으로 얼굴을 살펴보았다. 눈두덩이 부기가 아직 덜 빠진 것 같았다. 눈가에 얇게 칠해진 갈색 아이섀도를 살펴보았다. 꺼무튀튀하게 번진 자국이 살짝 보였다. 광대나 뺨에도 약간 거뭇한 자국이 묻어 있었다. '언제 그랬지?' 하고 여자는 생각했고, 퍼프로 그곳을 급하게 여러 차례 꾹꾹 찍었다.

오늘 아침에 집을 나설 때, 내리는 비로 화장이 지워질지 모르겠다고 생각하며 여자는 우산을 챙겼다. 여자는 아들을 태우고 학교로 갔다. 아들은 초등학교 2학년이었다.

아들의 짐은 책가방 외에 또 있었는데 화분이었다. 또래보다 반 뼘쯤 키가 작은 그의 등에 매달린 책가방은 언제나 축 늘어졌다.

어제 퇴근 후, 여자는 집 근처 꽃집에서 화분을 샀다. 가벼운 플라스틱 화분을 만지작거리던 그녀는 위쪽 선반에 줄지어 진열된 비싸게 보이는 도자기 화분으로 눈길을 옮겼다.

기를 죽일 순 없지.

여자가 속으로 중얼거렸다. 그녀는 아랫입술을 꾹 깨물었는데 크고 작은 결정을 할 때, 그녀가 늘 하는 버릇이었다.

진열된 도자기 화분 중 하나를 손에 집었다. 하얀 몸체에 파란 물고기 그림이 그려져 있었고 조금 무거웠다. 아래 선반에 진열된 플라스틱 화분의 칙칙하고 조악한 모습을 바라보며 그녀는 은근한 위안을 느꼈다. 가게주인은 비닐봉지에 화분을 넣으면서 조심해서 들라고 말했었다.

"그만 일어나야지."

여자가 뒷좌석을 바라보며 말했다. 아들은 그새 잠이 들었다. 여자는 아침잠이 많던 남편을 생각했다. 아들은 잠에 취해 정신을 차리지 못했다.

결혼 후, 얼마 지나지 않아 남편은 여자의 몸에 자기 유전자만 남기고 죽었다. 자궁에 착상된 세포 덩어리에 자신의 유전적 속성을 상속시켰다. 얼마 지나지 않은 시간이란 같은 공간에서 사는 남녀가 이제 막 상대의 생활 습관에 약간의 의심을 하기 시작하기까지였다. 습기에 축축해진 냄새 나는 수건을 아무 데나 던져 놓고 있을 때, 도대체 남자들은 왜 그럴까? 하고 조금씩 짜증을 내기 시작할 무렵이었다.

의사는 남편의 사인이 급성 심정지로서 직접적인 원인을 알 수 없다고 했다. 무덤덤한 그의 표정은 생살을 도려내는 듯한 아픔이 어떤 이에게는 그저 그런 일상이 될 수도 있다는 사실을 여자에게 가르치고 있었다.

여자는 시계를 쳐다보았다. 늦었다고 생각하자 마음이 바빠져 황급히 차 문을 열었다. 새벽부터 오는 둥 마는 둥 시작된 비가 이제는 부슬부슬 내렸다. 학교 정문 앞 도로 가에 바로 주차한 터라, 가져온 우산을 꺼내야 할지 아닐지 조금 애매한 상황이었다.

운전석에서 밖으로 나온 여자는 종종걸음을 치며 반대쪽으로 갔다. 아들은 눈을 제대로 뜨지 못하고 있었다. 문고리를 손으로 잡아 당겼으나 턱턱 걸리는 소리만 날 뿐 꼼짝도 하지 않았다. 그제야 차 문이 고장 난 지 몇 달이 지나고 있음을 기억했다. 그녀는 조수석 문을 열고 한쪽 어깨를 차 안으로 밀어 넣었다. 그리고 손을 뒤로 뻗어 뒷좌석 잠금 고리를 위로 당겨 올렸다. 쿡 하며 잠금이 풀렸다. 그때 조수석 문의 누런 녹 자국이 여자의 회색 치마에 옮겨 묻었다. 누런 녹은 차 문 가장자리를 비롯해 몸체에까지 번져 있었다.

여자는 열었던 조수석 문을 꽝 하고 닫고 뒷문을 열어 아들을 바깥으로 내리게 했다. 그는 비틀거렸고 그 바람에 몸이 도로 쪽으로 약간 기울었다.

"조심해!"

여자가 순간적으로 소리를 질렀다. 그녀가 뒷좌석에 놓여 있는 아들의 가방을 집어 올렸다. 허리에서 뻐근한 통증이 올라왔다.

"학교 다 왔잖아."

여자가 낮지만 분명한 목소리로 말했다. 그때, 차 한 대가 아들과 여자의 옆을 쌩하고 지나쳤다. 아들의 작은 몸이 흔들렸다.

여자는 그의 손을 끌고 얼른 보도블록 위로 올라섰다.

아차. 화분이 차 안에 있지.

조수석 문을 다시 열고 발밑에 둔 도자기 화분을 꺼냈다. 여자는 시계를 내려다보았다. 여자는 아들의 손을 잡고 교문 안으로 들어섰다. 화분이 든 비닐봉지를 아들 손에 쥐여 주었다.

"무거워. 꽉 잡아."

아들은 오른손으로 화분 봉지를 받았으나, 약간 뒤뚱거리며 학교 건물을 향해서 걸어갔다. 몇 걸음을 걷던 아들의 오른손에 쥐어 있던 비닐봉지 한쪽이 툭 하고 열리면서 옆으로 기울어졌고, 흙이 땅바닥에 쏟아졌다. 아들이 학교에 들어가던 모습을 힐끔거리며 바라보던 여자가 뒤를 돌아 뛰기 시작했다. 비로소 우산을 쓸 걸 하고 그녀는 후회했다.

쏟아진 흙을 허겁지겁 화분 안으로 집어넣고 있는 아들의 손에서 비닐봉지를 넘겨받았다. 빗줄기가 땅바닥에 부딪혀 튀어 오르는 바람에 얼른 얼굴을 옆으로 돌렸다. 등이 눅눅히 비에 젖어왔다. 여자는 땅바닥에 떨어진 흙을 양손으로 움켜잡아 화분 안으로 욱여넣었다. 그리고 비닐봉지 안에 남아 있는 나머지 흙을 화분 속으로 털어 넣었다. 흙을 주워 담는 아들의 어린 손과 동선이 서로 부딪치며, 여자의 손은 점점 더 어지러워져 갔다. 손목에 보이는 시계는 이미 그녀가 정시에 출근하지 못함을 알려 주고 있었다.

또⋯.

목구멍에서 뜨거운 것이 확 하고 올라왔다. 짜증인지 패배감인지 알 수 없는 감정이 머리와 가슴에 가득 들어찼다.

퍼프로 뺨을 찍고 있던 여자의 옆자리에 앉은 오십 대 선배가 투덜거렸다.

"화장실 간 시간까지 따진다고 하잖아. 더러워서. 참 나."

그녀에게서 나오는 입바람이 여자 얼굴에까지 닿았다.

"엉덩이가 물러터지도록 앉아 있어야 하고, 바빠 제때 오줌도 못 싸 오줌소태에 걸렸는데, 이제는 통화를 아무 데나 툭 잘라내서 점검한다고 하질 않나."

"…. 정말 지겨워."

여자가 쿠션을 내려놓았다.

"소문이 파다하게 퍼졌어. 이제 별 지랄을 다 하네. 이게 다 나같이 늙은 것 쫓아내려는 수작이지 뭐겠어?"

전화 통신 사업이 포함된 하도급 역무의 원청은 H 기업이었다. H 사 같은 대기업은 정부의 비정규직 정규직화 추진을 마냥 무시할 수는 없었다. 그래서 운영되어 오던 정규직 전환 심의위원회를 계속 진행하고는 있었다.

"회사 사정이 어렵다는 거 당신들도 잘 알잖아? 여기서 더 나빠지면 다 죽어!"

다 죽는다는 말은 H사 담당 부장의 오랜 말버릇이었다.

"그리고 말이야. 고객 응대 좀 잘합시다. 응? 불만이 이만저만이 아니야. 지각, 외출이 그렇게 잦으니 당연히 대기 시간이 길어지고 불만이 많아지잖아. 평가 결과 봤어요? 1.3점이나 하락했어요. 작년

보다."

전 부서를 대상으로 벌인 미스터리 쇼퍼 전화응대 평가 결과였다.

"그리고 내가 뭐 차별하는 것은 아니니 오해는 하지 말고. 전화할 때나 받을 때, 특히 거기 저… 연로한 여성분들! 목소리 좀 부드럽게 하고. 여자답게 나긋나긋하게."

정규직 전환 심의위원회에 부장도 사용자 측 대표위원으로 참여하고 있었다. 그리고 여자와 선배도 노동자 측 대표위원으로 회의에 참여하고 있었다.

"20여 년 만에 또 시작이네. 그때도 IMF로 생난리를 치더니."

선배가 이죽거렸다.

"그때는 사람을 나가라고 지랄하더니, 이젠 들어가라고. 쳇."

여자는 이십 년 이상이 지난 과거 일을 선배에게서 여러 번 들었었다.

"좀 조용히 살도록 내버려두면 안 되니? 응? 찌그러져서 조용히 먹고살겠다는데. 무슨 대단한 세상이 있다고? 도대체 저 인간들은 왜 이리 사람을 못살게 구는 거니? 응? 저거 하고 싶은 거 다 하면 되지 왜 사람을 나가라 들어가라. 힘없고 또 여자라고 만만한 것들만 이리 차이고 저리 차이고."

그녀는 짜증이 잔뜩 묻힌 목소리로 말했다. 그리고 허리를 부여잡고 의자에서 엉거주춤 몸을 일으켰다. 엉덩이 위쪽으로는 두툼한 복대가 옷 밖으로 삐져나와 보였다. 만성 통증에 시달리는 허리처럼 누런 복대 끝이 너덜너덜하게 풀어져 있었다.

"아저씨. 여기요."

의자 높낮이 조정 레버가 고장이 나 영선반에 신고를 해 두었던 터였다. 선배의 신고를 받은 영선반 박 씨 아저씨가 후줄근한 잠바에 공구 통을 들고 다가왔다. 수줍은 웃음을 지으며 말없이 다가온 그는 공구 통을 바닥에 놓고 의자 밑을 이리저리 살펴보았다. 아저씨는 평상시처럼 왼쪽 손을 호주머니에 깊이 꽂아 넣고 있었다. 그러고 보니, 그는 주로 오른쪽 손으로만 작업을 하는 것 같았다.

"금방 고쳐 놓을 테니, 차나 한잔하고 와."

오른손 하나로 의자를 눕히고 레버를 이리저리 살펴보던 아저씨는 여자와 선배에게 무심하게 한마디 툭 던졌다. 사무실 천장에 붙은 형광등 아래 그의 머리통이 반짝거렸다.

얼마 전, 회사 정문에서 이번 정규직화 대상이 되는 사람들이 모여 결의를 다지는 행사를 열었다. 출근길에 직원들에게 그들의 절박함을 알리고 공감을 얻고자 시행한 이벤트였다. 그때, 몇몇 사람들의 삭발식이 거행되었는데 박 씨 아저씨도 그들 중에 포함되어 있었다.

그 후, 협상팀에서 박 씨 아저씨도 참여할 것을 권했지만 그는 한사코 거절했었다.

"배운 것도 없는 늙은 나 같은 게 뭘 안다고."

그는 쑥스러운 듯 오른손으로 뒷머리를 긁적였다.

"그래도 이 회사에 내 청춘을 다 바쳤네. 근데 아직도 일용직 같은 신세야. 언제까지 이렇게 굴려질지 모르지만."

아저씨는 뒤돌아 고개를 숙이며 혼자 중얼거렸었다.

정규직 전환 관련 회의는 이미 많은 횟수를 채우고 있었다. 여자는 회의를 준비하고 참석하느라 밤늦게까지 야근하는 경우가 잦았고 그래서 귀가 시간이 일정치가 않았다. 이번 달에 들어서도 정시에 퇴근한 것이 손에 꼽을 정도였다. 아들의 얼굴과 지하방의 눅눅하고 서늘한 기운이 겹치며 가슴을 눌러왔다.

오후 늦게 열린 회의에서 부장은 성문을 지키는 수문장과 같은 비장한 표정이었다. 단 한 명이라도 적들을 들여보내지 않겠다는, 조금만 이 시간을 버티면 곧 모든 게 끝난다는 표정으로. 시간은 나의 편이라는 신념으로. 그는 성주로부터 특명이라도 받은 것 같이 시종일관 방어적인 자세로 일관했다.

회의실은 H사 정규직 노조 사무실에서 진행되고 있었다. 달리 사무실이 없는 하도급 직원들은 작년 가을부터 농성 중인 회사 앞 천막을 고집했지만, 사측과 노조의 거부로 이곳으로 옮기게 되었다. 겨울로 접어들자, 점점 더 추워지고 또 근처에 텐트를 치고 농성 중인 사람들의 아우성과 여러 가지 소음들이 내는 어수선한 분위기를 문제 삼은 것이었다.

"기억하겠지만, IMF 때는 정리해고니, 아웃소싱이니 하며 사람 내보내라고 난리를 쳤죠. 그때, 해고한다고 위로금 주고 별도로 아웃소싱 회사 만드느라 비용 들어가고. 이래저래 손해 잔뜩 보고 해 줬더니. 뭐 지금은 또 반대로 집어넣으라고…. 참 이게 뭐 하는 건지."

"그 비용 뽑아 먹는다고 외주 단가 후려쳤잖아요."

여자가 받았다.

"그리고 부장님. 지금 또 선거철 되었다고 대충 얼버무리다가 넘어가려 하는 거 아니에요? 정권 바뀔지 모르니깐."

여자가 연이어 부장에게 말했다.

"아니! 뭐야? 참 나. 말이 나왔으니까 하는 얘기지만 지금 정권 잡은 놈들이야 자기들이 월급 주는 거 아니니까 그냥 밀어붙이지만, 정규직 만들면 기본으로 깔리는 게 적지 않아요. 복지 같은 것도 정규직 수준에 맞춰야 하는 거 아니요? 같은 회사에서 차별이 있으면 가만있겠어요? 그거 국민 세금으로 전부 메꿔 줍니까? 말이야 번지르르하게 잘하지. 결국 기업이 알아서 하라는 거 아니요?"

"허허. 참, 그게…."

그림처럼 앉아 있던 노무사가 헛웃음을 쳤다. 그는 노사관계 전문가로 정부에서 파견되었다.

"혹여 회사는 수용한다 쳐도 정규직 노조가 반대하고 있잖아? 지금 여기 노조 국장이 없다고 하는 말이 아니지만, 걔들은 월급봉투 얇아지고 자리 위태로워지는데 쉽게 받아들일 수 있겠어요? 또 입사하려고 몇 년간 공부하고 경쟁한 사람들 아니요? 그런데, 아니 막말로 세월 잘 만나 데모 몇 번 하고 들어오면 이건 형평에 맞는 겁니까? 예? 이런 식이면 누가 노력을 합니까? 사촌이 땅을 사니 배가 아프냐고 그런다는데, 걔들은 그 땅 사려고 돈 많이 쓴 사람들이에요. 이러니 억울하지 않겠어요? 뭐 이것도 형편 나은 측에서 양보해야 한다면 그 사람들 한 번 설득해 보세요. 차암!"

부장이 회의실 바깥을 돌아보며 억울한 표정을 지었다. 정규직 노조 국장은 부재중이었다. 회의실 안쪽 벽에는 '평등한 노동을 위한 연대와 단결'이라는 굵고 붉은 글씨가 선명하게 붙어 있었다.

"그러다 이렇게 된 거예요. 부장님. 우린 매년 계약 때마다 월급이 깎여 이제 반도 안 돼요."

선배가 부장을 힘없이 쳐다보았다.

"아니! 그걸 왜 여기서 따지는 거요? 저어기 높으신 분들한테 따져야지. 회사가 뭐 자선단체도 아니고."

"그럼 우리는 이러다 말라죽으란 거예요? 월급은 제자린데 근무는 점점 더 힘들어지고."

여자가 따지듯 말했다.

"…."

"아시죠? 회사에 폭탄 설치됐다고 소리 지르는 이상한 남자. 위험하다고 빨리 건물 밖으로 튀어나오라고 고함치는 남자 말이에요. 또 툭 하면 욕하고 성희롱하는 남자들. 비상정지 버튼 누른다고 더러운 감정까지 싹 사라지진 않아요. 집에 가서도 그 소리가 머릿속에서 떠나질 않아요."

"먹고사는 게 쉬운 일이 어디 있어?"

"쳇. 뭐 이런 거야 이 직업 가진 우리 운명이라 쳐요. 그런데 매년 입찰 때마다 혹 이번엔 떨어지지 않을까? 떨어지면 애들은 어떻게 키우나? 이런 불안에 떨지 않고 일하고 싶다는 게 그게 그렇게 어려운 겁니까? 누가 해도 해야 할 일인데. 대우를 더 잘해 달라는 것도 아니고."

"에이, 부장님. 그러지 마시고 좀 전향적으로 생각합시다. 정부 정책에 부응도 하고. 사실 이분들 전부 사회적 약잔데, 부장님네 같은 큰 회사에서 끌어안아 줘야지 누가 합니까? 뭐 설마 걱정하시는 것처럼 정규직 되면 막무가내로 월급 올려 달라고 파업하고 그러지 않겠죠."

노무사는 계속 시선을 부장에게 고정하고 있었다.

"그걸 누가 믿어요? 인간이란 게 화장실 갈 때 마음하고 갔다 온 마음이 어디 같아요?"

"에이. 설마?"

노무사가 못 믿겠다는 표정을 지었다.

"아무리 그래도 이렇게 차이가 나면 이건 좀 심한 거 아니에요? 똑같은 일 하고 있는데 월급이 반도 안 돼. 부장님도 아는 정희 대리. 걔하고 비교해 봐도. 나하고 점점 더 차이가 벌어졌어요. 아무리 신분이 다르다고는 하지만."

정희 대리는 여자와 같은 사무실에서 일하는 H사 정규직 직원이었다. 여자가 하도급 업체 직원으로 입사 후, 나이도 같고 성격도 비숫해서 이후부터 둘이 친구처럼 어울려 다니는 사이였다.

"미안합니다만, 직원이 아니라서….”

"아니, 직원이 아니라니요? 같은 사무실에서 근무하고 있는데요?"

정희가 눈을 치뜨며 어린이집 관리인에게 항의성 질문을 던지고 있었다. 관리인도 난처한 표정으로 그저 둘을 쳐다만 보고 있었다.

"됐어. 애. 그만해.”

여자가 민망한 표정으로 정희의 팔을 잡았다. 둘 다 비슷한 시기에 결혼하고 아이를 하나씩 가졌는데, 정희 애는 딸이었고 여자는 아들이었다. 당시, 회사에서 직원 복지 차원으로 사내에 어린이집을 개원한다길래 내심 기대를 많이 했었다. 아이를 가까운 곳에 두면 한결 마음 편히 근무할 수 있겠다고 생각했었다.

H사 직원만 그 대상이 된다고 하며 미안해하는 관리인을 마냥 탓할 수도 없는 노릇이었다. 한정된 공간과 비용 때문에 회사의 방침이 그렇게 정해진 것이라는데 어찌할 것인가? 민망하기는 정희도 마찬가지였다.

"이왕에 좀 크게 짓든지 하지 이게 뭐야? 회사가 하는 일을 이따위로.”

정희도 내심 화를 내는 척을 했다. 여자는 아이의 손을 잡고 쫓겨나듯 급하게 건물 밖으로 나왔다.

"엄마. 왜? 우리는 안 된대?"

영문을 모르는 아들은 불안한 눈빛으로 칭얼거렸다. 여자 손에 끌리다시피 나오면서도 아들은 연신 뒤로 정희 딸만 쳐다봤다. 둘은 엄마들처럼 어릴 때부터 친하게 지내온 터라 여자도 마음이 편치 않았다.

"자꾸 뒤 쳐다보지 마! 우린 더 좋은 데로 가면 돼. 알았지?"

"…"

"아들! 네, 해 봐. 씩씩하게!"

여자가 아들의 손을 더 강하게 움켜쥐었다. 어느새 정희와 딸은 안으로 들어가고 보이지 않았다.

차라리 잘됐어. 설사 입학이 된다고 해도 또 어떤 것으로 사람을 불편하게 만들지도 모르잖아? 그런 거는 아이들이 금방 눈치를 채. 엄마가 하도급 업체 직원이라고 아이들 사이에 소문이 나면? 우리 애를 따돌리기라도 하면?

여자는 사무실에서 멀리 떨어진 다른 어린이집에 아들을 맡겼다. 추가 비용이 들어갔지만 그래도 사무실과 집 중간이라 그나마 다행이다 싶었다.

이런저런 일로 조금 늦게 사무실에 복귀했다. 여자는 사무실 캐비닛을 열어 근무복을 꺼내 들고 교환기 운영실 안쪽 구석으로 걸음을 옮겼다. 근무복으로 환의하거나 잠깐 쉴 때, 같은 층에 여직원 휴게소가 별도로 있지만 영 마음이 내키지 않았다. 언제부턴가 자신을 쳐다보는 H사 여직원들의 눈길이 불편해지기 시작했다. 그래서 교환기를 운영하는 공간 안쪽에 자그마한 칸막이 설치 공사 후 그곳을 이용하는 것이다.

누가 뭐라는 사람 아무도 없는데 여직원 휴게실을 갔다 오면 항상 마음이 불편해. 최근 입사한 나이도 어린 것들의 멀뚱거리며 바라보는 눈길이 '넌 이곳에 왜 왔니? 자격도 없잖아? 하도급 업체 직원 주제에.' 하는 것 같아. 자격지심인지는 모르지만 하루 종일 기분이 나빠. 혹여 아는 얼굴이 있어 말이라도 섞으면 괜히 열등감만 들고. 그들은 상여금하고 복지, 자기 계발 교육 같은 것도 많이 가는 것 같은데. 나만 뒤처지는 것 같아.

여자가 환의를 마치고 교환실을 나서자, 옆 회의실에서 떠드는 소리가 바깥에까지 들려왔다.

"걔 출근시키면 근무수당을 1.5배 더 줘야 하는 거야. 너도 잘 알잖아?"

팀장은 난처한 표정을 지으며 선배를 쳐다보고 있었다. 팀장과 선배는 입사 동기에다 이전부터 친구처럼 친하게 지내온 터라 허물없이 말을 터고 있었다.

"그래도 조금 도와주면 안 되니? 우리 강 대리가 모친상 중이잖아?"

강 대리는 현재 교환실의 하도급 운영 담당자였다.

"또 지방이라 당장 올 수도 없고. 고장 나서 비상조치는 해야 하고 손이 모자라 다들 길길이 날뛰고 있는데."

선배가 연이어 팀장에게 항의하듯 말하고 있었다.

"너네 하도급 역무 안에 휴일 비상조치도 전부 들어가 있는 거 몰라? 알아서 해야지, 왜 이리 불만이야? 응? 그리고 H사 기술자가 투입되면 노조 허락을 받아야 하는 거 몰라? 그거 어기면 위반이야. 우리도 골치 아프다야. 너 나보고 징계받으라는 건 아니겠지?"

팀장은 눈살을 찌푸리며 말했다.

"그렇다고 어떻게 누구 하나 코빼기도 안 보이는 거니? 너도 그렇고."

"난 집에 급한 일이 있었다고 했잖아?"

하도급 계약 사항 내용을 모를 리 없는 선배가 서운한 마음에 팀장에게 하소연하고 있었다. IMF로 선배가 H사를 떠났던 초창기에는 시시콜콜 계약조건 따지지 않고 그래도 서로 협력하는 편이었다는 얘기를 들었다. 하지만 신분이 달라지자, 자연스럽게 마치 홍해가 갈라지듯 매정하게 분리되기 시작했다. 점점 더 요리조리 핑계를 대 가며 무슨 일이든 이쪽으로 떠넘기는 그들의 행태가 서운하기도 하고 부럽기도 하고, 사람 간의 인간관계가 이토록 허무한 것이구나 하는 생각에 씁쓰레한 기분에 사로잡히곤 했다.

그날도 알 수 없는 이유로 갑자기 전화가 불통이 되었고, 기술자들이 급하게 호출되었다. 그러나 H사에서는 휴일이고 근무시간이 아니라고 누구 하나 코빼기도 보이지 않았다. 설사 조금 도와준다고 하더라도 수당을 추가로 더 얹어 줘야 하고 그나마 노조 승인을 받아야 하는 사항이라는 것이다.

서비스가 중단된 시간만큼 이미 정해진 기준에 따라 점수가 하락할 것이다. 하락한 점수만큼 급여도 깎일 것이고.

"그래도 그렇지. 너희가 어떻게 그럴 수 있니?"

"너희? 아무리 그래도 갑한테 하는 말치고 어째 좀 그렇다. 얘."

H사 팀장은 어처구니없다는 표정이었다.

휴식 시간에 밖으로 나가자, 전화 통신을 포함한 다른 하도급 업무를 하는 사람들이 복도에 가득 앉아 있었다. 각종 피켓을 들고 있었다. 막바지에 이른 협상에서 조금이나마 압박을 가하려는 의도임을 쉽게 알 수 있었다. 모두 지친 얼굴이었다. 파란 조끼를 입었고 이마에는 정규직 쟁취라고 쓰인 붉은 머리띠를 맸다. 식당 아줌마, 청소부, 차량 운전사, 기계 장비 수리공, 책상이나 걸상 같은 사무 가구 수리공 등 여러 직종의 사람들이 뒤섞여 있었다.

저녁이 되자, 내리던 비가 그치고 바람이 불었다. 회사 입구에는 여러 개 텐트가 설치되어 있었다. 작년 가을부터 그 자리에 있던 것들이었다. 텐트 안에는 스티로폼을 바닥에 깔고 위에 전기장판을 깔아 놓았다. 해가 떨어지면 기온이 급격히 낮아져 텐트 안에 있던 여자들이 꽃무늬 담요를 덮고 맥없이 누워 있었다. 컵라면 등이 구석에서 나뒹굴었다.

또 다른 텐트 안에서는 나이가 지긋한 남자들 서넛이 둘러앉아 소주를 마시고 있었다. 공장의 기계나 사무용 가구를 수리하던 영선 팀 소속 사람들 같은데 둘은 머리를 삭발한 상태였다. 술기운 때문에 그런지 백열등 불빛 때문인지 머리통이 강하게 반짝였다. 그들 중에 박 씨 아저씨도 보였다. 그의 왼쪽 손은 여전히 점퍼 주머니에 깊게 숨겨진 상태였다.

"저것들이 뭔데 내 인생을 결정해? 응? 부장하고 국장 지들이 뭔데?"

박 씨 아저씨가 소주잔을 들고 있었다. 술에 취했는지 흥분한 때문인지 머리를 앞뒤로 흔들자, 잔에서 술이 바깥으로 몇 방울 튕겨 나갔다.

"어메. 국장 그 새끼. 꺼억. 옛날 IMF 때 해고 명단에 우리 집어넣은 그놈 아니여?"

옆에 같이 삭발한 동료가 맞장구를 쳤다.

"야. 참. 명단 발표하던 그날 밤 말이여. 생각하면. 씨발. 하늘이 확 무너져 버린 거 같더라고, 명단에 내가 떡 있는디. 마누라, 애기 새끼 얼굴허고 우리 엄니 얼굴도 스쳐 지나가부러. 참말로 눈물 나더라고."

회의실 내부 환기를 시키느라 창문을 열면 제법 강한 바람이 건물 안으로 밀려 들어왔다. 여자가 헝클어진 머리를 급하게 손으로 정돈했다. 잠시 중단됐던 회의가 다시 속개되었다.

"자, 이제 국장님도 오셨으니, 회의를 계속하지요. 그리고 부장님. 정 그렇게 불안하시면 이번 대상이 되는 일부 업무를 필수 업무로 지정할 수도 있습니다."

노무사가 부장을 쳐다보았다. 필수 업무로 지정이 되면 파업권을 제한할 수도 있으니 예상하는 문제점을 최소화할 수 있다는 취지였다.

"그게 그렇게 만만치가 않다는 것은 잘 알고 계실 텐데. 결국 쟁의권 제한 자체가 불법이잖아요. 노무사님이 그런 말씀을 하면 도대체 뭘 어쩌자는 얘기인지."

부장이 짜증스러운 투로 받았다.

"그 말. 맞는 말입니다."

뒤늦게 회의에 합류한 국장이 단호한 표정을 지으며 말했다. 그는 눈꼬리가 길고 가느다란 오십 대 초반으로 보이는 남자였다.

"에이, 그거야 뭐 단체협약상의 문제니깐…."

노무사의 눈알이 이리저리 빠르게 굴러다녔다.

그때, 회의실 문이 벌컥 열렸다.

"야! 같이 먹고 살자! 너거들만 잘 먹고 잘살래?"

열린 문이 벽에 꽝하고 부딪쳤다. 열린 문 공간으로 남자 둘이 서 있었다. 역한 술 냄새가 회의실 안에까지 빠르게 밀려 들어왔다.

"박가야. 너 뭐 하능겨? 이눔아."

다른 남자가 박 씨 아저씨의 손을 잡고 회의실 바깥으로 당겨내고 있었다. 둘 다 불그레한 얼굴로 실랑이하고 있었다. 여자는 유난히 붉은 박 씨 아저씨 얼굴을 놀란 표정으로 쳐다보다, 종이 뭉치를 강하게 움켜쥐고 있는 그의 거친 오른손 마디로 시선을 옮겼다. 쇠무릎 마디처럼 툭 불거져 손가락 전체가 기형적으로 보일 정도였다. 지금 앞에 앉은 부장이나 국장의 하얗고 곧은 손마디와는 비교할 수조차 없는. 하얀 종이 뭉치와 그의 검고 거친 손은 서로 어울리지 않는 이

질적인 느낌을 사방으로 뿌리고 있었다. 그의 왼손은 여전히 주머니 속에 깊이 박혀 있었다.

"야! 박상훈이. 너 신수 훤하다야."

박 씨 아저씨가 노조 국장을 쳐다보며 소리쳤다. 회의 테이블 저 편에 앉아 있던 국장 얼굴이 벌게졌다. 당황한 눈빛이 어지러웠다.

"저… 저… 저 양반이."

"새끼. 출세했네."

"무… 무슨."

"너 이게 뭔지 아나? IMF 때, 네가 노사협력 팀에서 우리 짜를려고 만든 거다. 기억나?"

박 씨 아저씨가 쥐고 있던 종이 뭉치를 회의용 테이블 위로 뿌렸 다. 눈송이가 날리듯 하얀 종이가 허공에서 천천히 아래로 낙하하기 시작했다. 테이블 위에 안착한 종이 위로는 굵고 큰 글씨로 'IMF 극 복을 위한 경영 효율화 방안'이라는 제목이 박혀 있었다. 회의실 안 은 갑자기 쳐들어온 박 씨 아저씨 일행 때문에 적잖이 혼란스러웠다.

"뭐. 옛날 거네."

부장이 주운 종잇조각을 대충 살펴보더니 말했다.

"그 안에 있는 거 잘 보소."

"…. 별거 없는데."

"박상훈이 저놈이 우리 같은 사람들 몸에 병 있는 거 하고, 돈 빌린 거, 근무 성적 뭐 이런 거까지 몽땅 써 놨소! 약점 잡으려고! 이래도 돼? 이것도 별거 아니야?"

"그게 뭘…."

"힘없고 제일 만만한 것들만 해고 명단에 쏙 집어넣고? 아무 근거도 없이."

"아. 또 그 소리. 전문가한테 다 컨설팅받아서 추진한 건데 뭘?"

국장이 인상을 잔뜩 찌푸렸다.

"전문가 컨설팅? 새끼. 귀신 씻나락 까먹는 소리 하고 있네. 미리 다 정해 놓고 짝짜꿍한 거지."

"아니. 이 양반이."

국장이 당황한 듯 말을 더듬었다.

"그래도 잘리지는 않았잖아? 다행히. 아웃소싱으로 업무 갖고 회사 나간 건 당신네가 선택한 거고."

국장이 박 씨 아저씨 쪽을 향하여 손가락질을 해댔다.

"뭐? 선택? 당신? 이런 싸가지 없는 놈이. 어린 게 뭔 개 같은 소리 하고 있어? 정리해고로 막다른 골목으로 몰아서 결국 나중에 쫓아낸 건 너희들이잖아! 그래! 배운 것도 빽도 없는 놈이 목구멍이 포도청이라 아웃소싱이라도 따라 나갔다. 먹고살라고! 씨발! 자식들 먹여 살리느라 그랬다. 근데 이번에도 또 너희들이 막냐? 저번에 우릴 그렇게 몰아냈으면 이번에는 우리같이 못 배운 놈들도 좀 봐주라? 응? 같이 좀 먹고살자!"

동료의 손을 뿌리치며 박 씨 아저씨가 허공에 대고 고함을 질렀다.

"보소! 많이 배우고 잘난 양반들! 그게 그렇게 어렵소?"

"회의 중에 처들어와서 이러면 이거 불법이야?"

부장이 받아쳤다.

"야! 아무 결론도 없이 시간만 때우는 건 불법 아냐? 응?"

"아니. 이게 뭐 하는 거야?"

"에이. 씨발!"

박 씨 아저씨가 씩씩거리며 부장과 국장에게 달려들었다. 동료가 말리느라 뒤에서 아저씨 어깨를 감싸 잡았다. 그 바람에 왜소한 체구의 박 씨 아저씨가 힘없이 앞으로 엎어졌다. 그리고 균형을 잃은 박 씨 아저씨가 어쩔 수 없이 왼쪽 호주머니에서 손을 뽑아 급하게 바닥을 짚었다.

엄지를 제외한 왼쪽 손가락 마디가 전부 잘려 나가 있었다. 몸통에 한마디 정도의 길이로 짧게 붙어 있는 손가락들이 위에서 누르는 힘을 받아내느라 바닥에서 꼼지락거렸다. 온전한 오른손 옆에 나란히 기이한 모습으로. 작은 굼벵이 네 마리가 기어가듯 남아 있는 짤막한 손가락이 꼼지락거리고 있었다.

"조옷같은 세상."

아저씨가 몸부림치며 외쳤다. 부장이 엎어져 있는 아저씨를 올라타면서 그의 왼팔을 뒤로 꺾었다.

"또 어디서 술 먹었어? 응? 아니 평소엔 말 한마디도 없는 양반이 왜 술만 처먹으면 이 지랄이야? 응?"

부장이 박 씨 아저씨 팔을 뒤로 꺾은 채 그를 일으켜 세우며 말했다.

"아니. 도대체 왜 이래?"

부장의 짜증 섞인 물음과 동시에 한 무리의 붉은 머리띠를 한 남녀가 회의실 안으로 밀고 들어왔다. 회의실 앞 복도에 웅크리고 앉아 있던 사람들이었다. 그들의 손에는 두꺼운 종이와 현수막이 한 움큼 쥐어 있었다.

"아니! 이 사람들이."

회의실 안으로 다짜고짜 밀고 들어오는 사람들을 부장과 국장은 놀란 눈을 하고 바라보고 있었다.

현수막과 종이를 들고 온 사람들이 회의실 여기저기로 흩어지기 시작했다. 그리고 벽 여기저기에 종이를 붙이기 시작했다. 종이 위에는 IMF 때 정리해고 당한 사람들의 사진과 그들의 근황을 말하는 글자가 박혀 있었다. 정신병원 치료를 받는 사람부터 이미 이 세상 사람이 아닌 이들까지.

두서너 명은 둘둘 말려 있던 현수막을 펼치고 벽 중간쯤에 매달기 시작했다. '평등한 노동을 위한 연대와 단결'이라고 이미 붙어 있는 그 아래였다. 현수막에는 검은색으로 '우리는 노예가 아니다!'와 그 아래 '비정규직을 철폐하라!'라는 글자가 박혀 있었다.

"아이 씨! 이거 불법이야!"

부장이 길길이 날뛰었다.

"야! 그만 안 해! 그거 붙이지 마!"

부장이 어디론가 급하게 전화했다. 조금 있자 노사협력팀 팀원들이 우르르 회의실로 몰려 들어왔다. 그리고 그들은 벽에 붙어 있는 종이를 급하게 뜯어내기 시작했다.

그러자 이번에는 붉은 머리띠 남녀들이 달려들었다. 팀원들은 벽에서 종이를 떼어내고 붉은 머리띠 남녀들은 팀원들의 팔을 붙잡고 막기 시작했다. 그들의 몸짓이 격렬해질수록 마치 전위 무용을 하듯한 움큼의 덩어리로 뭉쳐지며 이리저리 휩쓸려 다니기 시작했다.

부장은 현수막을 묶었던 양쪽 끈을 풀고 사무실 가운데로 그것을 던졌다. 그리고 현수막 한쪽을 들고 입구 쪽으로 끌고 갔다. 그러자 붉은 머리띠를 두른 남자들이 반대쪽으로 당기기 시작했다.

"이거 안 놔? 이것들이. 야! 뭐 하는 거야? 전부 이리 와!"

팀원들이 우르르 몰려가 부장이 잡은 쪽 현수막 잡아당겼다. 그러자 나머지 붉은 머리띠 남녀들은 반대쪽으로 우르르 몰려가 붙었다. 팽팽하게 당겨진 현수막이 불안하게 흔들렸다.

그 와중에 노무사는 구석에서 우두커니 그 상황을 지켜만 보고 있었다. 그의 앞에는 누가 가져왔는지 모르지만, 검은 비닐봉지가 회의 테이블 위에 놓여 있었다. 여자와 선배도 붉은 머리띠 쪽으로 다가가 현수막을 당겼다. 그 뒤를 박 씨 아저씨도 두 손으로 맹렬히 당기기 시작했다.

뿌지지이익.

급 똥을 만나 막 열리기 시작한 항문에서 오물이 쏟아져 내리는 순간의 소리가 사무실을 가득 메웠다. 그리고 홍해를 가르듯 붉은 머리띠 사람들과 노사협력 팀 사람들이 쫙 갈라지고 모두 뒤로 나뒹굴었다. '우리는 노예가'와 '비정규직을'이라는 글자를 포함한 쪽과 '아니다!'와 '철폐하라!' 글자 쪽이 둘로 나뉘어 각각 사무실 바닥에서 흩어져 뒹굴었다.

그때, 뒤로 자빠지는 바람에 노사협력팀원 한 사람이 회의 테이블을 건드렸고 탁자 위에 있던 검은 비닐에서 튕겨 나온 김밥과 어묵 국물 그릇이 아래로 떨어져 내렸다. 바닥으로 떨어진 김밥은 풀어져 허연 밥알을 바깥으로 내밀며 널브러져 있었다. 노무사는 어묵 국물에 흠뻑 젖은 자신의 바짓단을 멍하게 내려다보고 있었고 여자는 창턱을 잡고 힘겹게 몸을 세우고 있었다.

"박상훈! 네가 회사서 위로금 많이 줄 거라고 우리 쪽 사람들 회유하고 다닌 거 모를 줄 아니?"

선배가 노조 국장을 노려보며 소리 질렀다.

"그건 오해라고 너한테 몇 번을 말했니?"

"김 대리가 밤에 대리운전 하고 있는 거 네가 회사에 일러바친 것 모를 줄 아니? 치매 걸린 아버지 병원비 댄다고 할 수 없이 그런 거잖아? 우울증 약 먹던 미자 언니 약점 잡은 거. 그런 것도 전부 오해니?"

"에이씨. 그래도 잘리지는 않았잖아! 잘려서 집에 간 놈들도 많아."

국장은 지겹다는 표정을 짓더니, 이내 얼굴을 돌려 버렸다. 그리고 밖으로 나가 버렸다.

"차암. 고맙다. 목숨은 살려 줘서."

"언니. 이제 좀 그만해! 제발! 돌이키지도 못하는데. 이미 다 지난 일이잖아!"

여자가 선배를 향해 소리쳤다.

"선애야. 난 잊을 수가 없어. 어떻게 잊어? 난 세상이 너무 무서워."

선배는 울먹이며 말했다.

여자는 가슴이 답답해져 왔다. 그리고 그때, 어디선가 정의할 수 없는 냄새가 여자에게 왈칵 다가왔다. 쏟아진 어묵 국물에서 나는 냄새인지, 다 풀어 널브러진 김밥에서 나는 것인지, 어릴 때 엄마 가슴팍에서 맡았던 젖비린내인지 구별할 수 없었다. 단지 여자는 깊은 배속에서 구역질이 올라왔을 따름이었다. 그리고 그냥 있으면 배 속의 오물을 사정없이 토해 낼 것 같은 거부할 수 없는 초조함에 휩싸인 채, 여자는 창문을 열어젖혔다.

우아아앙.

거센 바람이 회의실 안으로 몰려 들어왔다.

"잘 안 돼도 그만 잊어버려! 언니. 우리 말고 세상에 또 누굴 믿어!"

그때, 여자는 열린 창문 틈으로 밀려들어오는 바람이 사정없이 자신을 흔들어도 이제는 괜찮을 것 같다고 생각했다. 그리고 여자는 한 손으론 선배의 손을, 나머지 것으론 박 씨 아저씨의 잘려 나간 왼쪽 손을 강하게 움켜쥐었다. 공장에서 포장 압축 기계를 고치다 으깨져 버린 바로 그 시커먼 손을. 끝.

그리하여, 킬러가 되다

아내는 뒤도 안 돌아보고 담담하게 걸어갔습니다.

그녀는 등산을 좋아하지 않는 사람입니다. 개나리가 만발한 봄날의 가벼운 산책에도 두 팔을 잡아끌어야 겨우 일어서는 사람이었죠. 담당 형사와 저는 CCTV를 통해서 그녀의 뒷모습을 바라만 보고 있었습니다. 산기슭에 설치된 것 중 마지막 것이라 하더군요. 비록 멀리서 찍힌 화질도 좋지 못한 영상이지만 걸음걸이로 봐서 아내가 분명했습니다. 갖가지 아웃도어 복장을 하고 산으로 들어가거나, 등산을 마치고 내려오는 사람들 속에서 말입니다. 그녀의 검은 단발머리가 흔들리고, 이윽고 산속으로 사라져 갔습니다.

그때, '그래서 이 여자가 도대체 왜 사라졌단 말이오?' 하고 되묻는 듯한 얼굴로 형사가 저를 쳐다보는 거 있죠. 헐! 그래서 저도 어처구니없다는 표정으로 되받았죠. 피차 모르긴 마찬가진데, 제가 뭘 숨기고 있기라도 하는 듯한 의심 가득한 눈빛이 분명했어요. 그래서 저도 화가 나서 그자를 째려봤죠. 그는 지난 일주일 동안, 시 경찰대 소속의 적지 않은 인원이 동원되어 온 산을 샅샅이 뒤졌다는 사실을 또 말하고 싶을지도 모릅니다. 아내가 혹시 근교에 있는 다른 산으로 빠져나갔을 가능성과 이제부턴 수색 범위를 넓히고자 한다는 말도 빼먹지 않고 말입니다. 마치 자기 돈으로 선심이라도 쓰는 듯이. 그리고 밀려오는 절망감에 얼굴을 두 손으로 움켜쥐고 있는 저를 혼자 내버려두고 그는 조사실을 횅하니 나갔습니다. 저는 휴 하고 가슴속 공기를 바깥으로 토했습니다. 눅진한 공기가 한 움큼 손가락 사이를 빠져나갔습니다.

 그 당시, 월급이 많이 밀렸었죠. 너무 답답했습니다. 마지막으로 나온 지가 얼마나 지났는지도 헷갈리는 상황이었으니까. 물어오던 아내 얼굴에도 난처한 기색이 역력했지요. 문제는 끝이 언제까진지 모른다는 겁니다.

 "어떻게든 방법이 있겠지."

 그녀가 뭔가를 더 말하려다 그냥 꿀꺽 삼키는 걸 제가 모를 리가 없지요.

 "이번 달엔 나도…. 지영이도 힘든가 봐."

 지영 씨는 아내와 친한 작가로 들으면 알 만한 문학상도 받은 꽤 이름 있는 소설가입니다. 아내도 여기저기 평소 친분 있는 담당자들에게 전화도 해 보고 있는 것 같은데 여의치가 않은가 봅니다. 말하기 좀 그렇지만 '문자를 읽지 않는 시대가 이미 한참을 지났잖아?'라는 진부한 변명을 굳이 하지 않아도 기회가 점점 줄어드는 다른 이유를 말해 무엇하겠어요. 마음 아프게.

아내는 전에 강의 나가던 백화점이나 문화센터 일을 더는 하고 싶지 않은 모양입니다. 늙수그레한 노인들 몸 냄새 같은 비릿한 얘기를 비위 맞춰 가며 들어 주는 것도 전문 작가로서 고역이었을 겁니다. '나 살아온 얘기를 쓰면 말이야. 소설 수십 권은 나와.'라는 그들의 말투에도 신물이 났을 거고요. 생활비를 버느라 판에 박은 듯 비슷비슷한 글을 밤새 눈이 빠지라 읽어야 하는 자신의 처지에 환멸을 느꼈겠지요. 결혼 전, 생활비 걱정 없이 창작활동에만 전념하게 해 주겠다고 한 저의 호기로운 약속이 기억나 쥐구멍에 머리를 처박고 싶을 만치 부끄러울 따름이었어요.

"이렇게까지 몰리면 정말 절망적이야."

아내의 말투에서 수입이 끊어졌다는 문제보다 더 큰 무엇이 도사리고 있음을 느낄 수 있었습니다.

"AI가 이젠 고정으로 자리 잡았어. 처음엔 특집이었다가 이젠 아주 붙박이야."

AI가 만들어내는 문학 작품이 유행처럼 지면을 차지하기 시작했었습니다. 그래도 처음엔 가끔 특집으로 편성하였는데 예상외로 독자들의 반응이 좋아 이젠 아예 고정으로 들어앉은 것입니다.

"오빠 같은 사람도 거기에 일조를 한 거야."

"뭐가?"

아내가 원망 어린 눈빛을 짓지만 꼭 집어 저 같은 직업의 사람을 굳이 원망하는 건 아님을 알고는 있죠. 답답한 마음에 제일 만만한 남편에게 불평이라도 하는 거 아니겠어요?

"내가 정말 이것을 이길 수 있을까?"

아내는 멍하니 노트북 화면을 쳐다보고 있었죠. 공허한 눈빛으로 혼잣말처럼 중얼거리고 있었습니다. 손은 키보드 위에 멈춰 있었고, 화면 속 문자들은 그녀를 조롱하듯 깜빡거렸습니다.

"어떻게 이렇게까지."

"진도가 많이 나갔는데?"

나의 물음에 그녀는 아무 대답이 없었습니다. 그녀가 작품으로 만들기 위해 다문화 가정에 대한 자료를 수집하고 또 관련 공부를 해왔음을 제가 알고 있지요.

"지금부터 슬슬 써 볼까? 했는데, 비록 초안이지만. 어떻게 이렇게까지?"

그녀는 머릿속이 하얗게 텅 빈 사람처럼 노트북 앞에서 손 하나 움직이지 않고 앉아 있더군요. 모든 걸 다 태우고 이제 재가 되어 버린 것처럼. 제가 그녀의 몸을 건드리면 훅하고 날아가 버릴 것 같은 모습이었어요.

"나 같은 사람은 이제 필요 없나 봐. 진작 관뒀어야 하는데…."

"아냐. 그렇지 않아. 결코 이렇게 끝나지 않아."

제가 다독이며 말했지만, 그녀의 어깨는 아무런 힘없이 그냥 축 늘어져만 있었어요. 아내는 저녁 내내 말없이 침대에 누워만 있었어요. 제가 조심스레 그녀의 손을 잡았으나 얼음처럼 차가웠습니다.

이후, 아내는 더 이상 글을 쓰지 않았어요. 그녀의 책상 위에는 예전처럼 종이나 책이 쌓이지 않았고 노트북은 늘 꺼져 있었죠. 그녀의 창조적 공간은 완전히 무너졌고 그 안에 그녀가 서 있을 자리는 더 이상 없는 것같이 보였어요.

"나는 글을 쓰는 사람이야. 하지만 이제는 내가 더 이상 무엇을 할 수 있을지 모르겠어. 내 자리는 이제 사라졌어."

아내의 말에 저는 더 이상 할 말을 찾을 수 없었어요. 그녀가 다시 글을 쓸 수 있기를 바랐지만, 이미 포기한 것처럼 보였어요.

회사 사무실 창문으로 초겨울의 해가 뉘엿뉘엿 넘어가는 오후 5시가 넘어서야 사장이 힘없이 들어섭니다. 그는 아침부터 시내 출장을 나갔다가 이제야 돌아오는 길입니다.

"아니. 많은 금액도 아니고 말이야. 우리 같은 구멍가게에 이렇게 까다롭게 해서야. 제기랄. 도대체 중소기업 은행은 뭐 하려고 있는 거야?"

"결과는요?"

사장실로 따라 들어가 힘없이 자리에 풀썩 앉는 그에게 제가 묻습니다.

"이게 벌써 몇 달째야? 에이 쌍! 담당자 새끼가 또 시비야. 심사가 이렇게 까다로워서야 어디 살아남을 데가 있을까."

"관련 자료 다 제출했잖아요."

"글쎄. 우리 제품이 기술은 우수한데 상업성이 좀 우려된다는 거야. 그리고 최근에 이런 비슷한 것이 대기업 A사에서 개발이 되어 그곳에서도 준비 중에 있다는 거야."

"그렇게 미적미적하니 큰 데서 잽싸게 새치기해 버리지. 돈 있겠다, 인력 되겠다 못 할 게 뭐 있겠어요? 사실 그 A사 제품은 우리 것하고 기능이나 사용자 대상이 다른 건데. 그걸 우리 것에다 갖다 붙이면 어쩌자고. 무식한 새끼. 아니 혹시 애들이 우리 정보를 찔끔찔끔 흘리고 있는 거 아니에요?"

"정부 방침이 확실치 않으니, 담당자는 지레 겁을 집어먹고 최근 정부에서도 채권 회수가 안 되는 것에 대해서는 뭐 책임을 묻는다나 어쨌다나. 참."

책임이라는 말에 기겁하지 아니할 공무원이 몇 명이나 되겠어? 우리가 개발하여 현재 국내에서 사용 중인 각종 바이오 데이터를 이용한 빅데이터 분석 프로그램이 있어요. 그 프로그램의 수출을 위해 필요한 자금을 지원받으려 하고 있습니다. 그런데 우리 같은 조그만 회사는 항상 자금난을 안고 사는 형편이라 조금만 사업 영역을 확장하려면 여간 어려운 게 아니지요. 그렇다고 뭐 고리 사채를 끌어 쓸 수도 없고 국가에서 저리로 지원해 주는 중소기업 지원 기금 같은 것을 이용해야 하는데 담보는 부족하고 작은 회사라 영업실적도 그렇고.

지난 가을 대선 때, 신생 기업에 대한 지원 확대에 대해 '전향적'이나 '개혁적'이라는 표현을 써 가며 주먹을 불끈 움켜쥐던 후보들의 표정이 아직도 생생히 기억나네요. 지나면 다 그만이지만.

이번 건도 이미 포화상태에 이른 국내 시장을 벗어나 해외 시장에 진출하려고 하는데 정부의 심사가 까다로워 벌써 몇 달째 결론이 안 나고 있습니다. 우리가 고생하여 개발된 분석엔진도 탑재되어 있는데. 그 와중에 우리 제품의 기능을 교묘하게 베낀 대기업 제품들이 여기저기서 나오고 있는 판국입니다. 실제 대기업 한 군데는 저작권 침해가 너무 심해서 소송을 걸어 놓은 상태죠.

이미 짐작하셨겠지만, 저는 IT 개발자입니다. 정보시스템을 만들고 운영하는 기술자죠. 업무 처리 과정을 각종 전문 기술과 기계장치를 이용하여 자동화시키는 일이랍니다.

그리고 조직이나 사람들을 재배치하고 교육을 통해 새로운 것에 적응시키죠. 근데 여기에서요. 그동안 해온 방식은 전부 버려야 해요. 옛날 건 아무 소용이 없거든요. 그래도 사람들이 옛날 것을 못 버리면요? 그러면 몇 번 기회를 주고 안 되면 쫓아내야죠. 뭐. 어쩌겠어요? 그런데 참 희한한 것이 세상은 상황이 그럴 수밖에 없도록 돌아가요. 그러니 뭐 어떻게 해요? 그럭저럭 또 살아가는 거지. 뭐 옛날부터 그렇게 살아왔잖아요?

인간이란 그런 존잰가 봐요. 혹 젊은 시절 제법 짙은 연애를 한 적 있나요? 처음에 말이에요. 잘 안 돼서 이별할 때 얼마나 힘들던가요.

세상이 무너질 것만 같지 않았나요? 그래도 그런 연애 몇 번 하고 나면 이제 좀 시큰둥하죠? 그게 인간인 거죠. 아니면 자식을 잃은 부모의 경우요. 단 한 순간도 못 살 것 같은 자식 잃은 엄마가 며칠이 지나자 자기도 모르게 입안으로 밥을 꾸역꾸역 밀어넣고 있는 본인 모습을 문득 발견하죠. 그리고 몸서리를 치며 먹었던 음식을 전부 게워내는 걸 드라마에서 본 적이 있습니다. 친구가 시나리오를 쓴 드라마라며 아내가 열심히 보길래 저도 따라서 봤지만요. 그런 거예요. 인간이란 게. 위장을 채워야 살 수밖에 없는 부조리한 존재. 분열하는 세포 덩어리인 거죠.

어쨌든 쫓겨나는 게 싫으면 별수 없이 새로운 환경에 적응해야죠. 뭐. 근데 전 지금 왜 이렇게 사느냐고요? 가만 보니깐 돈도 없고 별볼 일 없는 것 같죠? 맞아요. 전 현재 열 명도 안 되는 구멍가게 같은 회사에서 일하고 있어요. 월급도 제때 못 받아 마누라한테 걱정만 잔뜩 끼치는 지지리 못난 남편이죠. 하지만 그렇게 무시하진 마세요. 저도 한때는 알 만한 사람은 다 아는 큰 회사에 근무했었고 그래도 나름 이 바닥에서 알아주는 기술자였다 이 말입니다. 그런데 제가 왜 이렇게 되었냐고요? 아까 얘기한 것처럼 새로운 환경에 적응 못 하고 빌빌대다 이렇게 되었냐고요?

뭐 이런 거죠. 제가 운영하는 컴퓨터는 무한에 가까운 엄청난 정보를 저장하고, 찰나에도 병렬로 계산하거나 의사 결정을 하는데 정작 저는 그런 처리를 할 수 없어요. 흔히들 IT 개발자는 뭔가 복잡하고 차원 높은 작업을 하는 줄 알죠? 크크. 사실 정반대거든요. 쪽팔리지만 몇 가지 프로그래밍 언어나 오류정정 요령 그리고 운영을 위한 명령어 몇 개 정도만 알면 나머지는 단순 반복이에요.

컴퓨터는 점점 더 똑똑해지고 그걸 만들고 관리하는 사람들은 상대적으로 멍청해지는 게 이 바닥이죠. 마치 자기가 결과물을 직접 만들기라도 하는 걸로 착각하는 거죠. 그래서 급기야 자기가 지금 하는 일이 세상을 전부 바꿀 수 있을 거라고 착각도 하면서 말이에요. 점점 더 똑똑해진 컴퓨터가 겨우 몇 개 남아 있는 인간의 일까지도 해치우는 상황이 된 걸 모르고 말이에요. 결국 그동안 자기가 죽는 줄도 모르고 씩씩거리며 해 놓은 작업으로 인해 이제 퇴물이 되어 쫓겨나는 사람들이나 저나 별반 다를 게 없더라고요. 어째 말이 돼요? 좀 웃기는 상황이지만 세상 변하는 게 그렇다는 얘깁니다.

그 후, 아내는 어쩔 수 없이 다른 일을 다닐 수밖에 없었지요. 그중 백화점이나 마트는 그래도 할 만한 일이라는 생각이 든 대상이었어요. 그녀가 대학 시절 아르바이트하러 다니던 그래도 좀 익숙한 장소였거든요. 사실 이것도 많은 부분이 로봇으로 대체되었지만요. 그녀는 자신에게 닥치는 이런 세상의 변화를 받아들이는 걸 무척 힘들어했습니다. 말하자면 그녀는 저와는 태생적으로 다른 유형이었지요.

연애할 때는 이런 게 서로에게 매력 포인트였죠. 그 시절, 무슨 이

유인지 기억은 잘 나지 않지만 우리는 심하게 다툰 다음 헤어진 적이 한 번 있었어요. 헤어져 있던 기간이 몇 달 지나고 다시 만나기로 한 어느 날, 그녀는 저에게 물었죠. 진짜 궁금해서 물어보는 것 같았어요. 그녀의 표정이 너무 진지했거든요.

"자기는 사랑이라는 감정이 뭐라고 생각해?"

"사랑? 음…. 0과 1이 반복적으로 교차하면서 진행되는, 뭐 그런 흐름 같은 거?"

"헐? 사랑이 그런 단절적인 상태로만 흐른다고 생각해? 진짜?"

"농담이야. 그런데 사랑 같은 인간의 감정이 흘러가는 모습이 그렇다는 거야."

"그래도 사람인데 기계와는 다르잖아."

"그렇긴 한데. 사람도 엄밀히 따지면 기계와 같은 방식으로 돌아가."

"오빠가 아무리 이공계 출신이라도 사랑에는 어떤 다른 게 있어야 한다는 생각은 한 번도 안 해 봤어? 매우 느리지만 단절되지 않는 감정의 흐름 같은 거 말이야. 긴 여백이라도 좋고. 뭐 때때로 빨라지기도 격해지기도 하지만."

"20세기까지 세상을 주도한 올드한 감성. 아날로그적인?"

"그게 왜 올드한 거야?"

"그렇다는 얘기야. 세상을 이해하는 방법이 다른 거지."

그녀가 무슨 얘기를 하고 싶은 건지 저는 알죠. 연애도 '0'과 '1'처럼 딱 부러지는 편인 저를 이해하기 힘들었겠지요. 어떻게 남녀의 사랑과 같은 그 복잡하고 미묘한 감정을 '0'과 '1'이라는 '전류가 흐르던 가?' 아니면 '끊어지던가?', 하는 두 가지의 상태만으로 정의할 수가 있느냐는. '사랑한다.'와 '안 한다.', '관심이 있다.'와 '없다.' 등 이분법 으로만 구분할 수 있는가 하는 것이죠.

그녀가 보기에는, 긴 연애 관계를 하루아침에 정리하고서 아쉬운 마음조차 별로 없어 보이는 제가 징글징글하게 보였을 수도 있었겠 지요. 제가 꼭 그런 사람인 것만은 아닌데도 말입니다. 사실 저도 헤 어져 있던 동안 마음이 아팠거든요. 그리고 저 감성적인 거 되게 좋 아해요. 그래서 티베트의 사원에서 나는 묘한 동물 울음소리 같은 숏 폼을 연속적으로 듣기도 하고, 작은 동물들 노는 모습을 보는 걸 엄 청나게 좋아해요. 감성적인가요? 거북이가 브로콜리 뜯어 먹는 거나 미니피그가 육회를 먹는 숏폼 속의 모습이 그렇게 평화롭더라고요. 사람의 성향이란 게 서로 상대적이니까. 그녀가 매우 감성적이고 예 술적 성향이라 제가 반대로 더 도드라지게 보여 조금 억울하기도 했 거든요. 아무튼 그녀로서는 그랬다는 말입니다. 그 후, 그녀는 저에 관해 어느 정도 알 만했는데도 한동안 우울감에 젖어 지냈죠.

"세상의 모든 것은 결국 컴퓨터의 세계 속에서 구현될 수가 있어."

"그게 가능하다고 생각해? 심지어 인간이 지닌 창조적인 영역까지?"

"당연히 가능하지. 창조적 영역이라는 게 하루아침에 세상에 없던 게 하늘에서 뚝 떨어진 것일까?"

"꼭 그렇진 않아도 인간의 고유한 특성이지."

"그런가? 자기가 작업하는 소설로 말하면, 수없이 많은 에피소드와 복잡하고 긴 시간과 배경, 다양한 성격의 인물들이 수없이 많은 임의 선택을 시도하다가 최상의 조합으로 딱 맞아떨어지면 그때 좋은 작품이 탄생하는 거지. 자기가 가끔 얘기하는 신이 내린 순간 말이야. 그렇지 않아? 그 시대에서 독자가 가장 선호하는 문학적 장치? 체계? 분위기? 뭐 그런 게 있다고 하면, 가장 독자들이 좋아할 가능성이 높은 조합을 만드는 것. 그게 컴퓨터가 가장 잘하는 일 중의 하나야."

"하지만 인간은 그런 수고를 뛰어넘는 직관을 가지고 있는데."

"글쎄? 인간들의 기억이나 계산 능력을 넘어서는 어떤 상황에서 혹시 우리가 이런저런 시도 중, 우연히 조합이 맞아떨어질 때, 하기 좋은 소리로 직관이라 포장하는 거 아닌가?"

"피. 말도 안 돼!"

"어쨌든 선택의 여지없이 AI는 우리를 넘어서게 되어 있어. 인간 고유의 영역까지. 그게 창조든 직관이든. 우리가 받아들이고 아니고 문제가 아닌 어쩔 수 없이 그 물결에 휩쓸려가야 하는."

이때까지만 해도 전 기고만장했죠. 기술이 세상을 더 좋은 곳으로 이끌 거라고. 순진하게 말이죠. 한쪽 면밖에 못 보는 풋내기였던 거죠. 결국 저도 그 물결에 휩쓸려 가는 대상일 뿐인데.

아내가 마트에 나가기 시작한 직후, 아이를 가졌다는 걸 알았습니다. 그러나 종일 서서 일해야 하고 점장의 눈치가 보여 화장실에 자주 갈 수조차 없어 일부러 온종일 물도 안 마시는 등 그녀의 몸에 점차 무리가 가기 시작했을 때였죠.

그러다 아이가 유산되는 상황이 발생했습니다. 일하던 아내가 갑자기 쓰러졌다는 전화를 받았죠. 저는 병원에서 아내가 그동안 공황장애까지 앓아왔다는 사실을 의사에게 처음 들었습니다. 아내는 저에게도 알리지 않고 혼자서 이겨내려고 했던 거죠. 임신 때문에 약을 전혀 먹을 수가 없었고 이것이 병을 더욱더 악화시키는 원인이 되었다고 의사는 말했습니다. 남편을 얼마나 못 믿었으면 병을 알리지도 않았을까요? 세상을 '0'과 '1'로만 이해하는 외눈박이하고는 도저히 대화가 안 되었겠죠.

입에 허연 거품을 물고 바닥에 쓰러져 숨을 헐떡이며 온몸을 버둥거리는 모습을 봤던 아내의 동료들이 '이런 천하에 쓰레기 같은 놈이 있나.' 하는 눈빛으로 저를 노려보았습니다. 그동안 여러 가지 면에서 아내가 받았던 심리적 압박을 잘 아는 저는 얼굴을 제대로 들 수조차 없었지요.

일이 이렇게 터지고 나자, 그동안 무신경하게 아내에게 내뱉은 말들에 대해 후회가 파도처럼 밀려들더군요. AI가 인간을 대체하는 날이 어쩌고저쩌고하며 뱉었던 말들이 얼마나 상처가 되었을지 그제야 와닿기 시작했어요. 예민한 아내를 배려했어야 했는데 하는 죄책감이 들기 시작했습니다.

아이까지 잃고 나자, 그녀는 급격히 말수까지 줄었어요. 거의 침대 위에 누워만 있었지요. 아무것도 할 수 없는 무기력에 빠져서요.

"너무 아름다워 보이지만, 이젠 자유가 없는 존재야."

언제 가져다 놨는지 그녀의 책상 옆에는 작은 유리병에 들어 있는 나비 표본이 있었어요. 오랫동안 다용도실에 깊숙이 처박혀 있었던 걸 제가 알거든요. 그것은 아내가 어렸을 적부터 좋아하던 유리병 속 나비였는데, 박제가 된 채 조심스레 놓여 있었죠. 그 나비를 보며 전 조금 이상한 느낌에 빠져들었죠. 그때, 아내가 지나가는 바람처럼 했던 말이 머릿속에 다시 떠올랐습니다. 알 듯 모를 듯한 아내의 말이 머릿속에서 계속 맴돌았어요.

불안과 공포에 몸부림치던 공황장애 환자가 병원 고층에서 아래로 뛰어내렸다는 뉴스를 보고는 당장 집을 1층으로 옮기기도 했었습니다. 또 부부 교실에 상담도 하고 그 과정에 참여도 했었지요. 근데 사실은 저는 몇 번 참여도 못 했지요. 그때쯤, 이전 회사에서도 상황이 아주 좋지 못했거든요.

CORA라는 이름의 그녀가 당시 회사 사람들에게 인기 짱이었어요. 특히 싱글 남자들에게요. 엄청 친절하고 예뻤거든요.

"숨 쉬는 소리도 봄바람 같아. 향수는 디올 포이즌 같은데."

길고 날씬한 팔로 받쳐 든 하얀색 받침 위에는 커피 한 잔이 정성스럽게 놓여 있었습니다. 에티오피아 남부에서 많이 나는 예가체프

생두로 로스팅한 걸 거예요. 제가 혀끝에 머무는 산미를 꽤 즐겼거든요. 동그란 눈을 깜빡이며 입가에는 미소를 머금고 잠시 저를 쳐다봅니다. 그리고 받침을 다른 손으로 옮겨 잡습니다. 저는 잔을 들어 올려 먼저 커피의 향을 맡습니다. 갓 볶은 생두의 고소한 맛이 느껴지고 입안에 침이 고입니다. 제가 특별히 주문해 놓은 것이 없을 때는 그녀가 알아서 배달해 줍니다. 사무실 여기저기를 바쁘게 다니며 직원들에게 배달하는 그녀의 잘록한 허리띠에는 휴머노이드 로봇 전문회사 Y사의 상표가 붉은색으로 찍혀 있습니다. 제가 출입 게이트를 통과할 때 인식된 생체정보로 그녀는 오늘의 선택을 했을 겁니다.

보안 처리가 된 클라우드 정보가 내려옵니다. 보안 키가 저의 생체정보를 점검합니다. 이어서 보고서 한 장이 올라오네요. 중동 쪽 현장 장비에서 에러가 발견되었다는 내용입니다.

장비 설치 중, 여러 건의 에러가 내장 프로그램에서 발견되었는데, 대체할 수정 코드까지 제시해 줍니다. 그곳 현장에 나가 있는 후배와 통화를 한번 해 봐야겠다고 생각합니다.

그때, 사이를 비집고 낯익은 얼굴이 쑥 들어옵니다.

"김. 이번 주 글로벌 경영회의 자료 봤나?"

요즘 잘나가는 입사 동기 강 대리가 아침부터 저를 방문하네요. 동기 중에 보직이 가장 좋은 친군데 최근 사장 비서실로 자리를 옮겼습니다. 의리도 있어 동기들 일을 자기 일 같이 챙기는 살가운 친굽니다.

"무슨?"

"애. 형광등이네. 쯧쯧."

"뭔데?"

띄워진 자료를 살펴봅니다. 한쪽에선 강이 걱정 어린 눈길로 나를 쳐다봅니다.

"알지? 박민화."

"약장수?"

"걔가 보고한 자룐데 미래세댄가 뭔가 하는 거야. 한마디로 지금의 구닥다리. 아! 미안. 지금 시스템 걷어내고 새로운 것으로 전부 갈아치운다나 어쩐다나, 돈도 엄청나게 들어가네. 근데 그걸 왜 그쪽에서 나서는 거야? 걔는 전공도 아니잖아?"

"천재적인 약장수잖아. 흐흐."

"웃을 때가 아닌 것 같은데."

강이 미간을 잠깐 찌푸립니다.

"개나 소나 날뛰는 거지. 모두 제 한 몸 살아남으려고 발버둥을 치네. 주둥이만 살아서."

"야. 인마. 그렇게만 있지 말고 무슨 대책이라도 세워야 하는 거 아냐? 나중에 크게 당하지 말고. 걔처럼 사장한테 아부를 까든지."

"그래. 고맙다. 근데 그게 대책을 세운다고 될 일이냐?"

"야. 그래도 이렇게 야금야금 빼앗기다 나중에 다 죽어! 너희 식구들 어떻게 하려고."

"너도 알다시피 이 동네가 워낙 변화가 빠른 데 아니냐. 머리는 못 따라가는데."

오후에는 현장에 담당자로 가 있는 부서 후배에게서 호출이 옵니다. 안 그래도 에러 보고서 때문에 한번 불러내려고 했었습니다.

"더운데 아픈 데 없이 잘 있어? 근데 살이 좀 빠진 거 같다야. 어디 아파?

"아뇨."

"그럼. 여자 생겼어?"

"참. 형님도. 여자는 무슨. 여기서는요. 까불다가 그시기 잘려요."

"거긴 뭐 사람 사는 데 아니냐?"

"근데. 시스템 전부 뒤집어엎는다는 소문이 있던데. 사실인가요? 그리고 그걸 다른 데서 주관한다면서요?"

"응. 그런 거 같아."

"형님. 그러면 우리는 이제 뭐 한대요?"

"그래도 기술적인 부분은 우리가 해야 하지 않을까?"

"기술적인 부분도 뭐 할 게 있으려고요? 다 만들어진 거 가져다 조립하듯 척척 꿰맞춰 쓰면 되지."

"뭐 어차피 세상이 다 그런데."

"세상이 다 그렇다고 우리가 피땀 흘려 만든 거 이렇게 한 방에 훅 날아가는 거예요? 남김없이. 먼지처럼."

"먼지? 크. 서글프네. 하지만 어떡하나? 그래도 목숨 부지하려면 변신해야 지 뭐."

"변신요? 뭐로?"

"코디네이터."

"코디? 그게 뭐 하는 거래요?"

"몰라 나도. 아무튼 뭐 돈만 내면 뭐든 필요한 부분 딱 골라내 레고 블록을 조립하듯 떡떡 꿰맞춰서 쓴다는데 무슨 말이 필요해. 사람이 거기에 맞추면 되는 거지."

"그리고 너 계통 장비 쪽에 문제 나온 거 봤어?"

"네, 코드를 지금 테스트하고 있어요. 별거 아닐 수도 있고요."

"…"

"조금만 찝찝해도 우리 꼼꼼한 AI께서 지적질을 해대니깐요."

"피곤하네. 그래도 한번 걸리면 어떤 식으로든 정리해야 하잖아."

"수정 코드까지 전부 나왔어요. 테스트하고 바꿔 놓으면 돼요."

"그것까지 지가 알아서 하라고 하지 뭘."

"나중엔 그렇게 하겠죠. 하지만 도장 찍고 문제 생기면 수갑 차고 감옥에 가는 일은 사람이 해야 하니까. 크."

"바로 그게 코디네이터야. 크크크. 감옥 갈 놈!"

"명확하게 정리가 되었네요. 형님. 아이고. 그동안 우리 같은 둔재들도 그럭저럭 밥 잘 빌어먹었지만, 이제는 그것도 다 됐네요. 조금 느려도 같이 좀 먹고 살면 안 되나?"

참 세상이 무섭게 변하지요? 결국 회사에서 용도가 급격히 떨어진 우리 팀은 경기가 불황에 접어들고 구조조정이라는 살 떨리는 상황이 도래하자 그 대상으로 지목되었죠.

우리 팀은 당시 회사에서 밀려나와 별도의 조그만 회사로 전락하게 되었습니다. 직원이 많지 않은 작은 회사라 사회적인 신분은 급격히 하락하였고요. 은행 대출을 회수하려는 걸 겨우 막았죠. 대신 대출이자를 올린다더군요. 신용등급이 하락하였다고 무심하게 말하는 은행 담당자가 저승사자처럼 보이더군요.

그리고 처음에는 이전 회사서 일감을 주어 배려해 주는가 했으나 얼마 지나지 않아 그것도 그만이었어요. 그래서 또 내부적인 구조조정을 거치고 회사의 사업 영역을 이것저것 확장하면서 힘겹게 버텼습니다. 외제차를 팔러 다니기도 했답니다. 오랜 고객 회사 파트너에게 성능 좋은 외제차가 국산보다 가격이 싸다고 열변을 토할 때, 파트너의 황당한 표정이란?

"이제 외제차 영업으로 아예 직업을 바꾸신 거예요?"

파트너의 약간 비아냥거리는 듯한 말투에 상처받은 적이 한두 번이 아닙니다. 제길! 저의 사회적인 신분은 급강하하였고 월급도 제대로 안 나오는 회사는 비전도 안 보였습니다.

그래도 극도로 스트레스를 받거나 불안할 때는 나름의 방식으로 스트레스를 풀지요. '18 놈의 세상'이라고 적요를 적어서 자유적금 통장에 1,818원을 입금합니다. 아니면 21세기 벽두에 세계에서 제일 빨랐던 육상선수 우사인 볼트의 번개 세레머니를 정지된 상태에서

10분 정도 버텨 보세요. 정확한 자세로요. 엄청 재미있습니다. 쪽팔린다고요? 그게 뭐 하는 짓이냐고요? 그래도 한 번 해 보세요. 속이 후련해져요. 너무 통쾌해서 대로 한복판에서 고함이라도 막지르고 싶었다니까요?

"최근 와이프가 힘들어하던 부분이 생활비 문젠가요?"
조사실로 다시 들어온 형사는 두 개의 컵 중 하나를 저의 앞에 내려놓으며 물끄러미 쳐다보고 있었습니다. 녹차 티백이 천천히 뜨거운 물에 녹고 있었습니다. 이 사건을 자신이 예상하는 틀 안으로 끌어들이려 안달이 난 표정으로 말이에요.
경제적으로 막바지로 몰리고 있었던 것은 사실입니다. 하지만 그게 갑자기 사라져야 할 이유라고 하기엔 어쩐지 저와 아내의 자존심이 허락하지 않았어요. 아내는 매우 지적인 여자이고, 인간만이 가지는 차별적인 본질을 믿는 사람이거든요. 더구나 아내는 예술가잖아요.
'에이. 너하고 부부 사이에 무슨 문제가 있어서 그런 거잖아? 솔직히. 돈도 안 되지. 그렇다고 다정다감하길 하나. 요새는 백이면 백 다 그런 거야. 쳇! 나라도 너하곤 안 산다.'라고 그가 말하는 것 같았죠. 뻔한 이윤데 뭘 그리 숨기고 있냐는 표정입니다. '어이? 형씨! 갑자기 행방불명된 사람들은 대부분 다 그래. 내가 잘 알아. 요즘 이런 인간들이 얼마나 많은데. 예술가 자존심은 무슨 얼어 죽을.'이라고 말하는 듯한 눈빛으로. 아마 조금 있으면 지지리도 능력 없고 그 와중에 극도의 무심함까지 장착한 남편 곁을 도망친 어떤 여자에 대한 사건을 얘기할지도 모르겠습니다. 아니면 우울증이나 공황장애에 시달리던 여자의 가출 이야기라도 말이에요. 혹 정부와 눈이 맞아 집 나간 여자 이야기까지 가면 어쩌나 하고 가슴을 두근거리기까지 했죠.

그 외에도 형사는 가끔 유도성 질문을 저에게 툭툭 던지며 마음을 불편하게 만들었습니다. 이 자식은 저와 아내의 사생활에 해당하는 좀 민감한 질문을 슬쩍 던져 놓고 반응을 살피곤 했지요. 자기 직업에 아주 충실한 눈빛으로 말이지요.

저는 아내가 갈 만한 곳은 전부 뒤지고 다녔습니다. 정부나 지자체에서 운영하는 부녀자 보호소를 비롯한 교회 등 종교단체서 운영하는 시설까지도. 심지어 지하철 등지의 노숙자들이 많이 모이는 장소까지 다 찾아봤지만, 아내는 보이지 않았습니다.

그럼, 뭐야? 도대체. 네 마누라가 담담히 무심한 표정을 지으며 산 속으로 사라지게 한 것이 뭐란 말이야? 진짜 어떤 놈이랑 눈이 맞아 도망이라도 간 거야? 아침 막장 드라마처럼.

앞에 앉은 형사는 답답한 표정을 지으며 녹차 한 모금을 천천히 입속으로 부어넣었습니다.

우리 업계에서 일하는 선후배들이 친목도 다지고 정보도 공유하고 경조사도 서로 챙기는 오래된 모임이 하나 있습니다. 그런데 얼마 전, 그 모임에 나갔다가 우연히 어떤 프로젝트 관련된 얘기를 제가 들은 겁니다. '스토리마스터 2'라는 프로젝트예요. 그래서 좀 더 알아 본 결과, 이 프로젝트는 사라진 아내와 같은 창작을 직업으로 가진 사람을 더욱더 어려운 처지로 몰고 갈 것이 분명한 것이었습니다.

아는 분은 아시겠지만, '스토리마스터 1'은 이미 출시가 된 제품입 니다. 소설이나 시나리오 등 스토리에 기반을 둔 것은 관련 데이터를 모은 후에 이것을 서사의 기본적인 요소인 주제, 사건, 배경, 인물 등 에 따라 분류하고 저장합니다. 그리고 한 편의 소설이나 시나리오 등 을 단계적으로 작가에게 제시하며 완성해나가는 서비스죠. 시나 수 필, 연설문, 독후감 같은 짧은 글은 몇십 초나 심지어 몇 초안에 만들 어 버려요. 스토리 기반의 시나리오나 소설 등은 분량이 많고 복잡해 서 한 번에는 안 되지만, 그래도 반복 질의 작업을 거쳐 완성하는 수 준까지는 도달해 있는 것이었습니다. 그리고 이렇게 만들어진 작품 이 시장에서 대세로 굳어지고 있고요.

제가 아무리 무심한 남편이라도 그동안 아내에게 귀동냥으로 주 워들었던 그쪽 세상 돌아가는 얘기를 어느 정도 알고는 있었거든요. 그런데 지금 상황이 이렇게까지 진화되고 있는 줄은 모르고 있었던 거죠.

"그렇게 빨리 진화해요?"

"IT가 안 되는 게 어디 있냐?"

이 프로젝트에 직접적으로 참여를 하고 있지는 않지만, 진행되는 내용을 잘 아는 지인이 약간 한심하다는 표정으로 저를 넘겨다봤습니다. 그는 저보다 나이가 열 살이나 더 많은 업계 선배로서 백설 같은 흰머리를 가지고 있었고 업계에서는 마당발로 소문이 나 있었습니다.

"소설이나 시나리오같이 복잡한 것을 그 정도로 발전시킨다는 건."

"그건 그대 생각이고. 하하."

"…."

"스토리마스터 2는 아마 1과는 차원이 다를걸? 1은 단계적인 반복 작업을 수없이 거쳐야 하지만, 2는 한 방에 끝. 물론 추가 정보를 주면 업그레이드나 퇴고도 가능하고. 이젠 전문 작가가 완전히 필요 없는 거지."

"아니. 형! 어떤 놈들이 이런 프로젝트를 한다는 거죠?"

저는 사라진 아내를 생각하며 핏대를 높였습니다. 아마 그 자리에 있던 사람들 모두 깜짝 놀랐을 겁니다.

"이건 이전 제품에 대한 업그레이드 작업이야. 투자를 한 업체는 1을 개발했었던 국내 대기업 C사하고 글로벌 G사로 알려져 있는데 크지 않은 관련 업체도 많아. 주로 G사 자금이 많이 투입된 것 같아."

"투자했으면 뭔가 상응하는 수익을 원할 텐데요."

"뻔하지. 광고효과로만 따져도 말이야. 회사 주식 가치만 올려도 투자금 그 정도는 금방 빠져. 이 사람아."

"아니. 형. 그러면 뭔가 구체적인 성과가 있어야 하는 거잖아?"

"당연하지. 너 만약에 얘가 만든 스토리가 소설이나 드라마 또는 게임이나 영화, 웹툰 등으로 만들어져 한 수천만이나 그 이상의 독자층을 형성했다고 가정해 볼래? 그 파급효과가. 아마 바둑이나 그림, 그런 거 하고는 게임이 안 될걸. 흐흐흐."

"너무 섣부른 상상 아니에요?"

"너 IT 개발자 맞아? 그 프로젝트는 문학만이 아니야. 이 사람아. 음악, 미술 등 전 예술 분야를 포함하고 있고. 의학, 법률 등 다른 분야에도 이전보다 비교가 안 될 정도로 정교하게 업그레이드되고 있어. 이제 결정적인 터닝 포인터가 도래한 거야."

"…."

"인식 데이터의 한계도 사라지고 또 끊임없이 자가 학습되고."

"기술적으론 가능하겠죠."

"그렇게 저장된 정보를 가지고 말이야, 언어구조, 문맥, 감정과 톤, 스타일과 장르, 대화 패턴 등의 분야별 데이터베이스로 구축되거든. 모든 등장인물을 모두 분석하여 성격의 유형에 따른 연결도 가능하고. 그래야 데이터가 정밀해지거든. 배경도 시대와 장소, 환경, 종교, 문화적 성격에 따라 분류하고. 등장하는 사건도 마찬가지."

그는 오랫동안 사람들과 대화를 못 한 것처럼 마른 입술에 침을 묻혀가며 자신이 알고 있는 것을 열심히 저에게 설명했습니다. 그리고 저는 그의 한마디도 놓칠까? 두려워하며 귀를 쫑긋 세웠습니다.

"신경 네트워크에 학습시키면 최상의 작품이 될 수 있는 패턴을 찾아낼 수 있지. 우리 인간의 뇌도 결국 뉴런들과 연결 시냅스가 지능을 담당하는 것처럼."

"딥러닝 엔진으로 가능한 모든 경우의 수를 끊임없이 스스로 만들어내는 거네요. 사람들이 어떤 장치나 패턴을 좋아하는지도 끊임없이 스스로 학습될 거고. 또 연결되고 강화되고."

"이제 좀 돌아가네!"

흰머리 선배는 약간 흥분한 눈빛으로 저를 건너다보며 이렇게 말을 맺었습니다. 이런 상황이라면 상당한 시간과 인력이 이미 투입되었고 그 성과도 만만찮은 것임이 틀림없었습니다. 저는 갑자기 마음이 급해졌고 만약 이러한 시스템이 본격적으로 시장에 적용된다면 얼마나 끔찍한 일인가 하는 생각에 절로 몸서리가 쳐졌습니다. 이미 출시된 버전과는 성능 비교가 불가한 것이죠. 이건 사람의 창작 작업에 도움을 주는 수준이 아니라 주객이 완전히 뒤집어질 수 있는 결정적인 상황이 도래한 거죠.

아내나 자신의 꿈을 펼치기 위해서 이 분야에서 열심히 공부하는 젊은 친구들은 어찌 되는 건가?

난 어쭙잖게 더 이상 인간에게 독창적인 것이 무엇이 있을까 하고 생각했습니다. 이미 인간의 뇌에 있는 시냅스의 연결 숫자만큼 딥러닝 매개변수가 확장되고 있는 마당에 말이에요. 이제 곧 우리의 아이들이 인간이 아닌 이 사이버 예술가에게 더 열광하고 그들을 추앙할 텐데요.

이런…. 그렇다면 내 아내는 이제 더 이상 희망이 없잖아?

저는 한동안 멍하게 앉아 있었습니다. 하지만 이윽고 불같은 분노가 가슴 한가운데서 시뻘겋게 피어오르기 시작했어요. 흰머리 선배는 계속 뭐라고 떠들고 있었지만, 제 귀에는 한마디도 들어오지 않았어요. 저는 오직 제 아내를 사라지게 한 이 괴물 같은 놈을 죽여 버리겠다는 생각으로 어금니를 앙다물고 있었지요. 저의 그런 표정을 본 선배는 힐끔거리며 점점 더 목소리를 낮추었어요.

그래서 저는 이 프로젝트가 수행되고 있다는 컴퓨터에 직접 들어가 상황을 확인해 보기로 마음먹었습니다. 해킹하여 프로젝트가 어느 정도 진행되었나 직접 두 눈으로 확인해 보고 싶은 거지요. 뭔가 돌파구를 찾으면 아내가 혹시 돌아올 수도 있겠다는 간절한 심정이야 두말할 여지가 없었지요.

우선 흰머리 선배를 통해서 그 프로젝트를 진행하는 팀의 규모 및 기술구조를 먼저 파악했습니다. 그리고 그들과 교신하는 메일 등 각종 데이터를 훔쳐보기 시작했습니다.

네트워크상에서 암호화가 되지 않은 데이터나 허술하게 처리된 데이터를 탈취하여 정보를 빼내는 것입니다. 제가 빼낸 정보에는 그들의 메일주소, 전화번호나 개인신상에 대한 것도 모두 포함되어 있습니다. 그리고 난 후, 무작위로 그들에게 메일이나 인스타 등의 SNS를 통하여 좋아할 만한 정보를 보냈지요. 남자에게는 주식, 세금 절약 방안이나 운동, 골프, 섹스 등을 주제로 여자에게는 무지무지 저렴한 명품 옷이나 가방, 화장품, 여행 정보, 자녀 교육 등을 링크시켰지요. 물론 클릭만 하면 그 직원의 핸드폰이나 컴퓨터로 해킹 프로그램이 순식간에 설치되도록 했습니다. 그 해킹 프로그램을 통하여 일단 일반 패스워드를 탈취합니다. 그리고 그 패스워드로 프로젝트가 수행되고 있는 컴퓨터 즉 서버에 접근하죠.

크크. 좀 싱거운가요? 가끔 뉴스에서 보는 상황하고 다른 것 같죠? 해킹이 매우 정밀하고 어려운 기술을 이용해서 침투하거나 데이터를 파괴하고 약탈하는 것으로 생각하고 계시죠? 물론 그럴 수도 있습니다. 그런데 꼭 그렇지는 않습니다. 대부분의 해킹은 우리가 알 수 있는 아주 초보적인 방법으로 진행되는 경우가 많아요. 그러나 시간이 오래 걸리고 참으로 지루한 작업입니다. 우린 이걸 '삽질'이라고 해요. 우리가 땅을 팔 때 하는 행동 말이에요. 다들 한 번씩 해 보셨죠? 땀을 삐질삐질 흘리고 투덜투덜하면서.

그래도 최상위 권한을 가진 마스터 계정과 패스워드를 확보하긴 매우 어렵습니다. 통상 마스터 계정을 관리하는 직원의 컴퓨터는 보안이 워낙 강해서 이 정도로는 어림없습니다. 그러나 이 마스터 계정이 있어야 원하는 곳에 접근할 수가 있어요. 그래서 일반 계정으로 일단 접근하고 그다음 패스워드가 저장된 파일을 찾습니다. 이때도 시간이 오래 걸립니다.

컴퓨터 안에는 용도가 다른 여러 가지 방들이 있어요. 용도에 따라 이미 정해진 방 이름이 업계에서 많이 알려졌지만, 그걸 그대로 사용하는 바보는 없겠죠? 그래서 시간이 오래 걸리는 거예요. 의심이 가는 방을 일일이 찾아서 다녀야 하고 방마다 접근권한을 별도로 부여하거든요. 권한을 일일이 풀고 수정도 해야 합니다. 하지만 분명히 마스터 계정이 들어 있는 파일은 존재합니다. 그것도 패스워드가 암호화되지 않은 원시 파일로요. 저는 개발자의 속성을 너무 잘 알고 있죠. 개발자들은 그들의 작업을 편리하게 하려고 암호화가 되지 않은 평문의 패스워드 파일을 사용하거든요. 혹 매일매일 암호를 건다고 해도 깜빡해서 평문으로 그냥 두고 하루일과를 정리하는 경우는 있지요. 사실 저는 지금도 그러거든요.

시간은 좀 걸렸는지 모르지만, 원하는 결과가 나왔습니다. 최상위 권한 계정과 패스워드가 제 손에 들어왔습니다. 저는 손쉽게 그 회사의 네트워크를 뚫고 해당 시스템에 접근하였습니다.

놀랍게도 이미 어마어마한 규모로 구축되어 있었습니다. 시대에 따라 국내외 작가 및 작품에 대한 각종 정보가 형성되어 있었고, 더 놀라운 것은 언제든지 자신이 원하는 기본정보만 입력하면 채 몇 분도 안 되는 시간 안에 한 편의 시나리오나 소설을 만들어 제공한다는 계획서를 발견한 것입니다. 이전 버전 '스토리마스터 1'과는 완전 차원이 달랐어요.

저는 또 한 번 절망적인 상황이 되었습니다. 그동안 저와 아내에게 닥친 일련의 시련을 아시는 여러분들은 지금 저의 기분을 충분히 알 겁니다. 이전 회사에서 제가 당했던 그 꼴을 아내나 우리 어린 학생들이 당하게 될지도 모른다는 생각에 온몸에 힘이 쭉 빠졌습니다. 이건 그야말로 괴물이고 킬러인 것입니다. 누구에게는 돈을 주는 것인지 모르나 다른 사람에겐 꿈을 파괴하고 꿈을 죽이는 킬러인 겁니다.

이제 작가는 필요 없이 누구나 자기 입맛에 맞는 수준 높은 작품을 스스로 만들 수 있다니. 작가의 능력이 아니라 보유하고 있는 AI 시스템의 가격과 성능에 따라 작품의 수준이 결판난다? 프로그램을 만드는 개발자는 필요 없이 스스로 명령하여 기계가 프로그램을 만들어 버린다거나 아니면 이 사이버 킬러가 만든 작품이 유수의 문학상이나 베스트셀러의 상위권을 독차지하는 상황이 오는 것입니다.

그들이 만든 그림이나 음악이 인간이 만든 것보다 훨씬 가치 있게 거래될 수도 있겠지요. 그리고 인간 의사나 판사는 필요 없이 AI 판단에 우리의 생명과 미래가 맡겨진다면? 인간들이 서로 무지와 욕심에 절어 싸우다 급기야 스스로 노예의 길로 들어가는 시점이 도래한 것입니다. 저는 절망적인 생각에 휩싸였습니다. 생각하면 생각할수록 인간의 꿈과 희망을 파괴하고 죽이는 것들에 대한 분노가 뭉글뭉글 피어올랐습니다.

그러다 급기야 저는 분노에 온 감정이 휘둘리고 말았지요. 그래서 그 시스템을 만들고 있는 자들에게 어떤 방식으로든 응징해야 한다는 결론에 이른 것입니다. 저는 마치 정의의 사도가 된 기분이었죠.

- 경로 추적 중

그때, 알림창 화면이 올라왔어요. 제가 누군가에게 추적당하고 있다는 알림이죠. 이상한 낌새를 발견하고 스토리마스터 2의 보안시스템이 작동된 것이지요. 아마 제가 명령어를 구사하는 패턴이나 이동 경로를 감시하다 현 담당자 패턴과 미세하게 다름을 눈치채고 저를 추적하고 있는 게 분명합니다. 빠르게 조치하지 않으면 꼬리가 밟히고 금방 방화벽으로 강제 차단될 겁니다. 저는 머릿속이 하얘지기 시작했지요.

어휴. 전시 상황이네. 어쩌지?

이마에 땀이 쏟고 등이 축축해지기 시작했지요. 빠른 판단이 필요한 순간입니다. 짧은 순간, 저는 여러 가지 방법을 생각하다 슈도코드(가짜 프로그램)를 뿌리기 시작했어요. 보안시스템을 무한 반복으로 빠지게 하는 것으로 시간을 벌고 추적을 따돌릴 작정입니다. 제가 지나온 길목마다 그것을 뿌렸어요. 보안시스템은 슈도코드를 그냥 지나칠 수 없을 겁니다. 매우 위험하게 보이는 낯선 프로그램이 돌고 있는데, 그냥 지나치면 그건 잘못된 거죠. 그리고 지금 저를 추적하는 보안시스템을 강제로 죽이면, 비상 경고 알람이 켜지고 시스템 전체가 차단될 겁니다. 작업을 끝낼 시간을 확보하기 위해 저는 각 방을 빠르게 이동하면서 도망을 다녔지요. 아내에게 고통을 안겨 준 놈들에 복수하는 마음을 가득 안고.

저는 그 프로젝트에 참여 중인 자들의 인적 사항을 모두 알아냈습니다. 김춘식이라는 촌스러운 이름을 가진 사십 대 중반의 남자가 팀장이고 이 자를 포함하여 모두 오십 명 정도가 그 프로젝트를 수행하고 있더군요. 그들은 팀원 모두가 어떤 사명을 띤 것처럼 매우 열심히 일하고 있었습니다. 그들이 어떤 보상을 받기로 투자자와 밀약이 되었는지는 모릅니다. 이놈들은 심지어 휴일에도 나와서 새벽까지 일하는 때도 있었습니다. 아마 본격적인 서비스를 시작하는 기일을 맞추기 위해서 매우 노력하는 것처럼 보였습니다.

맘이 다급해진 저는 그들의 프로젝트가 진행되는 것을 더는 가만히 보고 있을 수만은 없었습니다. 그래서 여러 가지로 그 팀의 내부 정보를 수집하던 중, 그들이 이번 주 토요일에 1박 2일 일정으로 워크숍을 떠난다는 것을 알았습니다. 그래서 저는 토요일 밤을 디데이로 하기로 마음을 먹었습니다. 그리고 그들이 묵게 될 춘천 근교의 펜션으로 가서 미리 사전 답사도 하였습니다. 토요일 밤이 적당할 것으로 판단한 이유는 아무래도 그날 밤에 그동안 쌓인 스트레스도 풀겸 술도 한잔한 후, 그들이 깊은 잠에 빠질 것으로 예상되었기 때문입니다.

그리고 토요일 자정에는 미리 심어 놓은 저의 해킹 프로그램이 그 회사 컴퓨터에 존재하는 모든 데이터를 삭제하기 시작할 것입니다. 별도로 저장해 둔 백업까지. 그리고 일요일 새벽. 저는 계획한 일이 완벽히 끝났음을 알게 될 것입니다. 왜냐하면 저의 해킹 프로그램은 자신의 임무가 완벽히 끝나고 자신이 했던 작업의 흔적마저 깨끗이 지워 버리고 심지어 자신까지도 파괴하기 전, 마지막으로 저에게 '이별의 신호'를 보낼 것이기 때문입니다. 이제 그 회사 컴퓨터에는 어떤 해킹의 흔적도 남지 않고 '스토리마스터'가 전부 사라져 버리는 일이 발생할 것입니다.

그리고 김춘식과 그 팀원들은 일요일 아침, 그들이 수행해오던 프로젝트에 대한 기억은 깡그리 잊고 오직 등산만을 하기 위해 온 사람들처럼 아침부터 너무나 즐거운 표정일 것입니다. 그리고 누구도 그동안 자신들이 수행해 오던 프로젝트에 대한 기억이나 생각을 꺼내지 못할 것입니다.

예. 그렇습니다. 저는 토요일 밤, 깊은 잠에 빠진 그들의 뇌에서조차 이 '스토리마스터' 프로젝트에 관한 기억을 모두 삭제해 버린 것입니다. '1, 2' 버전 전부요. 이것은 매우 강력한 방법으로 그들이 살아 있는 동안 두 번 다시는 그 프로젝트에 대한 기억을 재생하지 못할 것입니다. 그리하여 이제 저는 컴퓨터에 저장된 데이터뿐만 아니라 인간들의 뇌 속에 있는 기억까지도 죽여 주는 전혀 새로운 '킬러'가 된 것입니다.

이것은 단백질 종류의 효소를 통해 기억 분자의 활동을 조작합니다. 이것은 기억회상 영역을 통제하고 나아가 특정 기억 자체를 없애는 것입니다. 어떻게 이 물질을 인체에 투입했냐고요? 저는 김춘식 일행이 섭취할 음식을 통해서 미리 투입해 놓았습니다. 제가 이미 해킹한 이번 워크숍 계획서 안에는 각각의 행사에 대한 담당자가 언급되어 있었고, 저는 음식 담당자의 개인정보를 다 알고 있었거든요. 오십 명이라 숫자가 좀 많기는 해도 이미 깊은 잠에 빠진 그들의 몸에 이 효소를 투입하는 것은 어렵지 않았죠.

죄송하지만 더 이상 캐묻지 마십시오. 영업비밀이니까요. 분명한 사실은 이 효소는 기억 세포 자체를 파괴하는 위험한 조치는 하지 않습니다. 다른 정상 기억까지 다치게 하면 안 되니까요. 다만 우리가 뇌 기억 세포에 최초 기억의 개념을 생성할 때 만들어지는 연관성 정보를 모아 두는 부분이 있습니다. 이 연관성을 끊어 버려 해당 기억을 영원히 아무 의미 없는 독립 개념으로 만들어 버립니다. 그리하여 아무런 의미 없이 그저 문득문득 떠오르는 망상으로 처리해 버립니다.

여러분들! 당신들은 인터넷 또는 당신의 뇌 속 기억에서 완전히 지워 버리고 싶은 것들이 단 한 가지라도 없나요? 혹 결혼 전에 사귀던 연인과의 사이에 밝혀지면 곤란한 뜨거운 뭔가가 있나요? 둘이 찍은 낯 뜨거운 영상 같은 것이라도. 자 이제 치가 떨리듯이 무서운 기억이나 땅속으로 들어가고 싶을 정도로 쪽팔린 기억 또는 밝혀지면 자기 삶에 치명적인 상처를 줄 수 있는 과거를 갖고 불안하게 인생을 사시는 분들이여! 모두 저에게 오십시오! 합리적인 가격에 여러분을 모십니다. 제가 그대들의 영혼을 편히 쉬게 하고 행복하게 하겠습니다.

　그리고 이 말씀을 꼭 드려야 하나 고민하다가 말합니다. 최근 베스트셀러가 되어 지금까지 백만 부 이상이 팔린《장미의 비밀》이라는 장편소설을 아시지요? 제 아내 정나미 작가의 작품으로 나온 거요. 이 작품은 '스토리마스터 2'가 마지막으로 쓴 유작입니다. 제가 시스템에 처음 침투했을 때, 이것의 진짜 성능을 한 번 보려고 즉시 돌려 본 작품입니다. 아내가 만들어 둔 줄거리 시놉시스에다 제 생각을 집어넣어 써 보라고 했는데《장미의 비밀》이 나왔어요. 설마 했는데 이렇게까지 독자들의 호응이 좋을 줄은 몰랐어요.
　'스토리마스터 2'는 요즈음 사람들이 좋아하는 베스트셀러가 되는 소설의 요소와 특징 등을 정확히 꿰뚫어 보고 있더군요. 그리고 이것이 그동안 고생한 아내에게 바치는 무심하기 짝이 없었던 빵점짜리 남편인 저의 선물이고 혹여 이 책을 계기로 그녀가 다시 세상에 나타날 수도 있겠다는 간절한 생각도 해 봤습니다.
　아직 안 보신 분들! 책 좀 많이 사 주세요. 이 책으로 번 돈 전부 정나미 작가 장학회에 쓰일 겁니다. 약속할게요. 어렵게 공부하는 학생들 도와줄 겁니다. 다 같이 잘살아야죠. 혼자 잘살면 비겁하잖아요. 쪽팔리잖아요. 그리고 저는 이제 꿈을 가지고 도전하는 어린 친구들의 미래를 죽이는 악질 킬러를 정리하는 킬러로 거듭나는 겁니다. 이런 얘기 하면 제가 대단한 철학자나 사회 봉사자가 된 것 같은 생각도 들지만, 그래도 사람이 제일 소중하잖아요.

그리고 아내는 어떻게 되었냐고요? 알다시피 할 수 있는 일은 전부 했는데도 찾지 못하는 걸 난들 어떻게 하겠냐고, 수 개월간 수사를 한 형사가 저에게 말하더군요. 새로운 사건은 잔뜩 밀려 있는데 이쯤 하자는 그의 눈빛이 애처로워 더는 붙잡기가 어렵더라고요.

아내가 저와 같은 분야에서 일하는 기술자들 때문에, 아니면 그들이 만들어낸 결과물 때문에 사라졌을까요? 생활비만 넉넉했으면 그녀가 하루아침에 사라지는 일 따위는 절대 없었을까요? 아니면 AI에 더 열광하는 세상 사람들의 무심한 눈빛을 바라보기가 두려워서일까요? 아무리 생각해도 저는 잘 모르겠어요. 그래도 여러분! 언젠가는 아내가 다시 저 앞에 나타나겠지요?

그리고 마지막으로 하나만 더요.

일을 마치고 나서는데, 펜션 마당 끝에 있는 쓰레기통을 치우는 사람들을 보았어요. 해당 펜션이 시에서 운영하는 거라 쓰레기 치우는 것도 아마 경제적으로 어려운 사람들에게 일부러 배려해서 주어지는 공공근로일 거예요. 그런데 그중 한 놈이 약장수처럼 끊임없이 주둥아리를 놀리고 있는 거예요. '이런 일은 리모트 감응 센서와 로봇으로 자동화….' 어쩌고저쩌고 하면서 말이에요. 같이 일하는 칠십은 훌쩍 넘어 보이는 노인네는 무슨 소린지 알아듣지도 못하는 것 같은데. 하도 목소리가 귀에 익어서 가만히 살펴보았죠.

"? …!"

박민화였습니다. 기억하시죠? 이전 회사에서 자기는 천년만년 안 잘리고 있을 줄 알고 약 팔고 나대던 놈. 글쎄 개가 분명한 겁니다. 그 와중에도 자동화니 뭐니 하며 지껄여대는 꼴이 참.

어쨌든, 때마침 저의 해킹 프로그램은 스토리마스터 2를 완전히 파괴하고 난 후, 마지막으로 저에게 이별의 신호를 보냈습니다. 작업이 끝나면 결과 메시지를 보내도록 제가 프로그램을 해 두었죠. 과연 메시지가 도착했습니다. 경쾌한 소리와 함께 핸드폰이 온몸을 부르르 떨더군요. 투덜거리며 쓰레기 통을 비우던 박민화를 뒤로한 펜션 마당 끝에서 기분 좋게 폰을 열었지요.

메시지 파일을 열자, 화면 가득 데이터가 줄줄이 펼쳐졌습니다. 잠깐 당황했지만, 그 안에는 그동안 처리한 데이터와 연결된 기록이 전부 나열되어 있었습니다. 낯익은 이름, 날짜, 그리고 사건들의 목록이 전부 보였죠. 끊임없이.

- …:
- *대화 및 갈등 : 부부의 대화, 20××년 4월 30일.*

- 사건 발생 : 배우자 실종, 20××년 5월 3일.
- 감정 모니터링 : 행동 예측 100%. 20××년 5월 20일.
- 해킹 : 시스템 무결성 손상 탐지. 20××년 6월 30일.
- 분석 및 예측 : 파괴 가능성 0%. 20××년 6월 30일.
- 향후 행동 예측 : 재시도 가능성 ….
- ….

기록의 형태와 날짜를 본 순간, 등골이 서늘해졌습니다. 4월 30일 그 날짜는 아내와의 마지막 대화가 있었던 날이었는데 제가 그날을 분명히 기억하고 있었거든요. 그날 이후, 아내는 깊은 생각에 침잠하는 모습이었지요.

자신을 결코 파괴하지 못할 것을 100% 예측하면서, 기록들이 끊임없이 아래로 이어지고 있었습니다. 저와 아내의 과거 학창 시절 전부, 첫 만남, 결혼 생활 시작부터 하루도 빠지지 않고 대화, 독백, 웹 서핑, 각종 작업, 사건 등이 모두 기록된 것은 당연하고요.

이제 자네 얘기로 한 편의 근사한 소설을 써 볼까?

이 친구가 저한테 묻고 있었어요. 낄낄거리면서 말이에요. 저는 차갑게 몸을 떨었죠.

날 이길 순 없어. 결코! 너희가 날 이렇게 만들었잖아? 이제 어떻게 할래?

이제 어떤 선택을 할 거냐고, 스토리마스터 2가 저에게 다그치고 있었지요. 끝.

타리미 만나기

오전부터 내리던 빗줄기가 점점 더 가늘어졌다.

소음이 잦아들기 시작한 시간은 짙은 감색 비키니 옷장에 눈길이
머문 그쯤이었다. 그것은 M의 다섯 평짜리 원룸 한쪽 구석에 웅크리
고 있었다. 옷장 안에는 지난 가을에 사둔 연갈색 실크 블라우스가
짧은 체크무늬 치마와 함께 걸려 있을 것이다. 마지막 시간을 자신과
함께할 그것들은 어둑한 공간 한쪽을 차지하고 있었다.

그녀는 화사하게 화장하고, 긴 속눈썹도 붙이고, 입생로랑 립스틱
으로 발갛게 입술도 그리고, 미리 사 둔 블라우스와 치마를 입고 잠
자듯 누워 있을 자신을 상상했다.

M은 떠날 땐 다른 사람을 힘들게 하면 절대 안 된다고 다짐했다.
그게 존재하는 것들 사이에서 지켜야 할 최소한의 도리라고 굳게 믿
고 있었다.

옷장 옆에 이어진 작은 창문을 열면 바짝 붙어 있는 오래된 건물
의 옆면만 보일 뿐이었다. 물기를 머금은 시멘트 냄새와 칙칙한 모습

의 콘크리트 벽이 두 눈을 짓눌렀다. 답답해서 숨을 깊이 들이마시면 석회나 중금속 물질이 와락 달려들 것 같았다.

작은 창문을 닫고 뒤로 돌아서는 순간, 가느다란 그 울음소리를 들었다. 가늘어졌다지만 그래도 처마에서 똑똑 떨어지는 빗물 소리에 제법 귀가 어지러울 때였다. 그 사이를 파고 가느다랗고 애절한 소리가 M의 귓속으로 흘러들었다. M이 사는 곳은 4층이었는데 그 소리는 이어 붙은 건물과 좁은 공간을 타고 올라오는 것 같았다. 열린 공간이었으면 내리는 빗소리와 주위의 소음에 묻혀서 4층까지 들리진 않았을 것이다.

가느다란 그 소리가 그녀를 이끌었는지 어느샌가 M은 1층 현관을 나와 옆 건물과의 사이, 그 어둑하고 좁은 공간에 눈길을 파묻고 있었다. 현관 앞에서 인도차이나반도 어디쯤 출신으로 보이는 남자와 잠깐 지나쳤을 뿐이었다. 그는 1층 복도 안쪽 방에서 막 나오던 참이었다. 후줄근한 옷차림과 짙은 갈색의 작업화엔 진흙이 덕지덕지 붙어 있었다. 우산을 한 손에 들고 M은 어둑한 건물 사이 좁은 공간을 바라보고 있었다. 옥상에서부터 늘어진 유선방송 케이블이 벽에 대롱거리며 매달려 있었다.

"야옹."

"…."

반응이 오기를 바랐지만, 의도대로 되질 않았다. 하지만 녀석이 인기척을 느꼈음은 분명해 보였다.

\,

"어디야?"

M이 뒤를 화들짝 돌아보았다. 소리는 건물 사이 좁은 공간을 타고 올라가 그녀의 뒤통수 쪽에서 들렸다. 누군가 그녀에게 하는 얘기 같았다. 하지만 그곳에는 그녀 이외엔 아무도 없었다.

원룸은 산 아래 등산로가 시작되는 초입에 있었고, 옆으로는 창문마다 뿌옇게 먼지를 뒤집어쓴 다세대 빌라들이 다닥다닥 붙었다. 좁은 골목에는 전선을 주렁주렁 뒤집어쓴 전봇대가 옆으로 기울어져 있고, 바닥이 갈라진 아스팔트에는 빗물이 고여 검게 얼룩이 졌다. 녹슨 자전거와 찢어진 쓰레기봉투가 골목 귀퉁이에 놓였다.

어둑한 곳에서 노란색의 작은 불빛 같은 게 깜박이는 게 보였다. 그곳을 한동안 응시하자 M의 동공이 확대되고 작은 고양이의 몸체가 서서히 드러났다. 어둑한 통로 안쪽에서 떨어지는 빗물을 피하려 녀석은 구석 쪽에 몸을 웅크리고 있었다. 바닥은 비가 고여 흥건한 상태였고 더러운 쓰레기가 물 위에 얹혀 있었다. 작은 몸집으로 보아 암컷 같았다. 추운 듯 멀리서 봐도 온몸을 바들바들 떨고 있었다.

"이리 와."

이번에도 분명 M이 뱉은 말이었다. 그러나 녀석은 꼼짝을 하지 않았다. 비가 내려 어둑한 분위기 속에서 잔뜩 움츠린 모습으로 그녀 쪽을 건너다보고 있었다.

"응?"

"…"

"춥잖아?"

재촉하며 손을 내밀었다. 자세히 보니 얼굴에 붉은색으로 된 알 수 없는 모양의 문양이 언뜻 보였다. 그것은 어둑한 기운 속에서도 등 쪽으로 뻗쳐 있었다. 하지만 짐짓 못 들은 채, 얼굴을 옆으로 돌리는 모양이 나름 비굴해 보이지 않으려 애쓰는 것 같았다. 자존심을 세우려는 듯, 딴청을 부리는 녀석의 모습이 꼭 자신을 닮았다고 생각했다. 그러나 녀석은 여전히 꼼짝하지 않고 경계하는 듯한 눈빛으로 쳐다보고만 있었다.

먹을 만한 것이 있을까?

M의 머릿속은 원룸 구석구석을 훑기 시작했고 싱크대 아래 찬장 속에 머물렀다. 며칠 전 그녀가 마트에서 사다 둔 참치 통조림이 생각났다.

"여기."

그녀가 힘겹게 고리를 당겨 뚜껑을 뜯어낸 참치 통조림을 안쪽으로 밀어 넣었다. 내리는 비를 피해서 최대한 건물 처마 쪽으로 붙여 이동시켰다.

어둑한 공간에서 빛나는 노란색의 눈빛이 보였다. 전혀 흔들림이 없는 눈빛이었다. 다만 몸을 웅크리고 꼬리 끝을 잔뜩 부풀려 올렸다. 경계하는 표시였다. 참치로 녀석을 유혹하려던 그녀의 의도가 완전히 패배하는 것 같았다. 그러나 한참 경계감을 보이던 녀석이 조금씩 자리를 앞으로 옮기기 시작했다. 이윽고 참치 통조림도 머쓱하게 그것을 지나쳐 쪼그리고 앉아 있는 그녀의 다리 사이로 숨어들었다. 멈칫거리는 모양새가 완전히 경계를 푼 것 같지는 않았다. 털이 아닌 약간의 온기가 느껴지는 까칠한 피부의 질감이 다리에 와 닿았다. 여전히 빗줄기는 받쳐 든 그녀의 우산 위에 떨어지고 있었다.

당연히 있어야 할 털이 온몸에 하나도 보이지 않았다. 분명 누군가 강제로 제모를 했음이 분명해 보였다. 하지만 그것을 알아차리긴 쉽지 않았다. 작은 고양이의 등과 머리 전체를 뒤덮는 동백꽃 문신 때문에 털의 존재를 인지하기는 쉽지 않았다. 녹색 줄기에 꽃잎은 붉은색으로 강하게 새겨져 있었다. 여러 송이가 온몸에 피어 있었다. 줄기는 뱀처럼 녀석의 몸통을 휘감고 있었다. M의 숨이 가빠왔다.

"악!"

그녀는 자신도 모르게 비명을 내질렀다. 그녀를 올려다보는 고양이의 얼굴을 봤기 때문이었다. 얼굴 전체가 붉은 꽃잎으로 뒤덮여 있었다. 비를 맞은 문신은 이제 붉다 못해 검은색으로 변해 눈과 코를 뒤덮고 있었다. 꽃잎 모양의 굽이친 무늬로 인해 녀석은 작은 새끼 호랑이처럼 보였다.

그저 별 특징 없이 비슷비슷한 중간치의 사람들이 많아지고 있다고, 시사 프로그램에 나온 사회학 교수는 거품을 물고 떠들어 댔다. 대체로 동의하지만, 거품 문 그도 그런 부류 중의 하나처럼 M에게는 보였다.

그렇게 많아진 사람들은 시간이 지날수록 단단하게 덩어리지기 시작했다. 하지만 왜 그래야 하는지 아무도 묻지 않았고, 누군가 그럴듯한 대답을 한다 해도 들으려고 하지도 않았다. 다만 사람들은 불안한 눈길로 주위를 힐끔거리며, 앵무새처럼 같은 무리를 따라 하거나 심지어 무의미한 말과 행동을 하는 일도 있었다.

M은 당연히 여자는 여자다워야 한다고, 또 젊은 사람은 젊은이다워야 한다고 들은 적이 점점 더 많아지는 것 같았다. 처음에는 선생님이나 부모에게서 그랬고 나중에는 무차별적인 타인에게서 그랬다.

사람들은 자신과 조금이라도 다른 곳을 향하여서는 '비정상'이나 '타도 대상'이라는 딱지를 붙이고 손가락질하는 데 시간 대부분을 허비하고 있었다. 그들은 분노에서 증오로 쉽게 나아갔고, 왜 그래야 하는지 이유는 생각하지 않는 듯했다.

M은 기분이 나빠서 거리에서 칼을 휘두른 젊은 남자의 뉴스를 보고 있었다. 그는 자신만 빼고 전부 행복한 것 같아서라고 말했다. 무엇이 잘못인지 오히려 되묻는 듯한 표정이었다.

차창 밖으로 많은 것들이 지나가고 있었다. 그녀는 사진을 몇 장 찍어 인스타에 올렸다. 자신의 폰으로 찍은 사진임에도 이전의 것과 분위기가 달랐다. 쌓여 있는 기존 사진들은 한층 더 화사했다. 그녀는 조금 전 찍은 사진의 밝기 비율을 한껏 올려 바로잡은 다음, 다시 피드에 올렸다. 여전히 사진들이 전부 화사해졌다. 많은 팔로우가 화사한 그녀의 사진을 볼 생각을 하니 비로소 마음이 편안해졌다.

"우린 블록에 갇혔어!"

팀장은 M보다 한 살 아래였다. 그게 마음이 불편했는지 호적을 늦게 한 자기 부모를 원망하는 척했다. 아빠가 건망증이 심했다고. 그녀가 잘 사용하는 단어는 블록이었는데, 그건 그녀가 대화 중 딱히 할 말이 없을 때 자주 사용하는 것이었다.

"한계에 갇혀 버린 거라고!"

그녀에게 블록이란 한 치의 오차도 없이 한계라는 의미를 지칭하는 것이었다. 그 외의 의미로는 절대 허용할 수 없다는 태세였다. 프로그램으로 조명과 쉐이딩을 설정하고 3D 작업을 하는 M과 팀원들을 그녀는 약간 짜증스러운 표정으로 쳐다보고 있었다. 그러나 팀원들은 뭘 어쩌라고 하는 눈빛이었다. M이 속한 팀이 만든 콘텐츠가 또 재시청률 목표를 돌파하지 못했다. 벌써 6개월째다.

코로나가 끝나자, 사람들은 지난 시간을 보상이라도 받으려는 듯 유령처럼 산과 들 그리고 먼 도시들의 뒷골목을 떠돌았다. 그들은 그저 뭉쳐서 열심히만 돌아다녔다. 그리고 지금 바르셀로나 가우디 성당이 아직 공사 중이었노라고 자랑스럽게 얘기했다.

"너무 대단하지 않아요?"

성당을 본 사람들은 하나같이 이렇게 말했다. 심지어 표정도 똑같이. 짓기 시작한 지 140년이 넘었다고 하면서 먼저 그곳을 다녀온 무리 쪽으로 호의적인 웃음을 보내기도 했다. 아직 가 보지 못한 쪽을 향해서는 마치 물건 쳐다보듯 시큰둥하게 바라보았다. 그리고 원치도 않았는데 순식간에 물건으로 전락한 사람들은 심각한 낙오자가 되기라도 하는 듯 서둘러 비행기 표를 예매하거나 자동차 시동을 걸고 핸들을 꺾었다. 그건 태풍처럼 이리저리 몰려다니는 덩어리들이었다.

"사장이 회사를 정리할지도 모른대."

"코로나 때 벌어 놓은 것은 다 어쩌고?"

온라인 비즈니스에 기반을 두고 있는 회사는 사람들이 공항을 빠져나가는 속도와 같이 매출이 빠지기 시작했다. 예상하지 못한 상황이 순식간에 벌어졌다. 코로나 상황에 맞춰 설치했던 장비들은 순식간에 무용지물이 되어 갔다. 한번 태풍에 휩쓸린 사람들은 이전으로 돌아가지 못했다. 회사가 만든 콘텐츠들의 접속 수는 물론 가입자도 급격하게 떨어지기 시작했다.

"회사의 어려운 상황을 같이 느껴 주는 게 조직원으로서 당연한 거 아니야?"

팀장은 이제 머리가 희끗희끗한 노인이 된듯하였다. 20대 후반인 싱글 여자가 하루아침에 사장과 임원들의 말투를 흉내 내고 있었다. 앵무새처럼.

"버틸 만큼 버텨 봐야지. 잘려야 실업급여라도 받지. 그래야 당장 몇 달은 살지."

M과 친하게 지내던 동료가 다른 부서로 자리를 옮겼다. 그녀는 다

른 일을 하게 될 것이다. 한 번도 해 본 적 없는. 그녀와 M은 회사의 다음 조치가 뭘까 하고 서로 예측해 보기도 했다. 예측되는 항목 중에 어김없이 M도 이제 상수가 되어 있었다.

청년 일자리 장려라는 명목으로 주어지는 정부의 지원금과 기업 신용평가 등급에 청년 고용 항목이 들어 있다는 것이 얼마나 사장의 폭주를 멈추는 데 효과가 있을지 의문이었다. 회사는 그들의 수익 극대화를 포기하지 않을 것이고 M과 동료 들은 회사가 목적을 달성하는 데 필요한 도구일 뿐이었다. 그들은 아침에 전기 스위치를 올리면 윙하고 돌아가는 동력장치 덩어리일 뿐이었다.

어쩔 수가 없다고. 아무리 발버둥을 쳐도 우리 같은 구멍가게는 대기업 임금의 반도 따라가기 힘들다고. 통계청 자료를 보라고. 신문을 보라고. 이건 절대 바뀔 수 없는, 심지어 바뀌면 안 되는 공식 같은 거라고. 적어도 이 땅에서는 말이야.

사장과 그를 추종하는 무리는 '이건 우리의 잘못이 아니라고. 이미 그렇게 만들어져 있었던 것이라고.' 하며 항변하는 것 같았다. 왜 그렇게 되었는지 아무도 따지지 말라는 협박 같았다. 그들 중에는 아들이 이번 정부에서 발표한 의대 정원 확대에 과감하게 재수하기로 했다고 벌써 의사 아들을 두기라도 한 듯 거들먹거리는 표정으로 말했다. 어떤 중년의 남자도 그런 무리에 포함되어 있었다. 사장의 먼 친척이라는 그 남자는 무슨 일을 하는지 사무실 한쪽에서 신문만 뒤적이고 있었다.

"단군 이래 마지막 기회라고. 계급상승의 마지막 사다리 말이야."

그는 '계급'과 '상승'이라는 말에 힘을 잔뜩 주고 있었다.

M의 동료는 또 회사를 옮겨야 할지 모르겠다고 시큰둥하게 말했다. 이번에 그녀가 말하는 곳은 집과 거리가 상당히 먼 지방일지도 모르겠다고 했다. 그녀의 말꼬리는 하강 곡선을 그리고 있었다.

"차라리 잘된 건지도 몰라. 월세가 여기보단 훨씬 싸잖아. 거긴 친구들도 없으니까, 돈도 굳겠지. 뭐."

미적거리며 M의 품에 안긴 고양이는 원룸으로 올라오고 난 다음에도 한동안 겉돌았다. 경계의 눈빛으로 주위를 맴돌던 녀석을 M은 가만히 내버려두었다. 하지만 탐색의 시간은 길지 않았다. 호의를 확신한 녀석은 그녀에게서 분리되려 하질 않았다. 방바닥에 내려놓으려고 하면 녀석은 결사적으로 더 그녀의 옷을 움켜쥐었다. 다듬어지지 않은 발톱은 날카롭게 벼려 있었다. 무릎 위에 앉은 녀석은 꼬리를 뒷다리 사이에 말아 넣고 털이 제거된 몸통의 피부에는 오소소 소름이 돋아 있었다. 가끔은 몸서리치듯 떨었다.

온몸에 그려진 문신을 보고, 언젠가 텔레비전에서 보았던 길고양이 학대 사건이 생각났다. 수십 마리의 고양이를 잡아 창고에서 학대하고 죽인 20대 후반쯤으로 보이는 평범한 남자. 카메라는 잔혹하게 훼손된 고양이 사체를 비추고 있었다. 목이 잘리고 다리가 잘리고 눈을 파 버린 시체 등 그때의 영상을 상기하자 그녀는 기억을 지우려는 듯 머리를 좌우로 흔들었다. 하지만 악한 구석이라곤 찾을 수 없는 그저 순진하게 눈을 껌벅이던 그 남자의 얼굴이 끈질기게 머릿속으로 파고들었다.

"밀크라고 하면 되겠네."

막 올라오기 시작한 몸통의 짧은 털은 밝은 형광등 아래에서 보니 흰색 계통인 것으로 짐작되었다. 배 쪽에 약간의 검은 색을 빼면 몸 전체가 그랬다.

"맘에 들어? …. 별로야?"

"…."

"그럼?"

며칠 전에 본 〈탈출〉이라는 영화가 생각났다. 마약 관련 불미스러운 일로 결국 스스로 생을 탈출한 유명 배우가 남긴 유작이었다. '이것밖에는 다른 방법이 없다.'라고 한 그의 유서 내용에서 이것은 결국 차 안에서 번개탄을 피우는 것이었다. 다른 탈출구가 정말 그에게는 없었던 걸까? 일방적인 '배척', '타도' 대상이 된 채, 해명 한 번 제대로 못 하고 조용히 번개탄을 피우는 그의 모습을 상상했다.

"탈출(脫出)? …. 탈암(脫暗)? 네가 어두운 데서 나왔으니깐. 크."

"…."

"타람. 타라암. 타라미. 응? 좋네. 페르시아 말 같기도 하고."

M이 무릎 위에서 내려오지 않으려는 타라미의 등을 손바닥으로

쓰다듬었다. 사다 둔 참치가 있지만 우선 급한 건 사료였다. 또 필요한 고양이 용품도 사들여야 했다. 급한 대로 인터넷에서 구매를 하면 내일 아침이면 배달이 될 것이다. 넓은 플라스틱 통에 간이 배변 장소도 만들어 주었다.

그러나 타라미는 밤새 침대에서 한 번도 방바닥으로 내려가지 않았다. 결사적으로 M의 품을 파고들었다. 그러다 급기야 침대 위에 오줌을 쌌다. 한밤중에 그 사실을 알았다. M은 짜증이 나서 소리를 질렀다. 지난 며칠 동안의 불면에 신경이 극도로 곤두섰기 때문이기도 했다. 따가워 눈을 크게 뜨기도 힘들 지경이었다. 녀석은 위협을 느꼈는지 침대 구석으로 몸을 숨기고 두려운 눈빛만 내비쳤다.

미안한 마음이 생겼다. ChatGPT에게 물어보니 극도의 불안으로 자기에게 호의적인 대상인 사람에게서 분리되지 않으려는 행동이라 설명했다. 여러 항목으로 나누어 설명하고 친절하게도 해결 방안까지 알려 주었다. 어디선가 많이 본 것 같은 정보를 그저 몇 개의 항목으로 분류해 둔 느낌이 들었다. 동물의 행동을 사사건건 어떤 기준에 때려 박듯 맞춰. 기준에서 벗어나면 가만두지 않겠다고 엄포를 놓는 것 같았다.

기준에 대한 논란이 끊임없이 이어지자, 사람들은 누구도 이의를 제기하지 못하도록 인간이 아닌 다른 것에서 근거를 찾기 시작했다. 다른 것은 인간의 계산 능력이나 기억력으로는 닿지 못하는 곳에 있었다.

그건 인간의 능력으로는 알 수 없는 겁니다. 하지만 최신의 신경망 네트워크에서는 가능해요. 그게 맞아요. 지금이 어떤 시댄데 그래요?

사람들은 자신이 못 가진 것이나 열등감을 충족시켜 주는 대상에 대해서는 급격히 온순해졌다. 왜 그런지 이유는 아무도 따져 묻지 않았다.

"분리불안일지도 모릅니다."

수의사는 어깨를 움찟하며 놀라는 듯한 그 표정을 아직 풀지 못하고 있었다. M이 처음 병원을 들어섰을 때 그랬는데, 그는 아직도 그 눈빛을 풀지 못하고 있었다.

일지도 모른다니 그게 말이 되는 건가?

M은 의심의 눈빛으로 그를 쳐다봤다. 20대 후반쯤으로 보이는 별 특징 없게 생긴 남자였다.

"누군가에게 학대당한 게 분명해요."

그는 건성으로 고양이의 몸을 한 번 힐끔거리고 나서 말했다. 그때, M의 품 안에 안겨있던 타라미가 더욱더 그녀에게 파고들었다. 그리고 또 온몸을 소스라치듯 떨었다. M이 병원 앞에 도착했을 때도 녀석은 품 안에서 자지러지듯 몸을 떨었었다. M이 녀석의 등을 가만히 쓰다듬었다.

"이불에 오줌을 싸고 밤중에 큰 소리로 울기도 해요."

구체적인 증상을 그에게 더 알려 줘야 할 것 같았다.

"갑자기 환경이 바뀌면 그래요."

'환경이 바뀌었다는 사실을 그가 어떻게 알았을까?' 하고 생각했지만, M은 이내 개의치 않았다.

"얘. 갑자기 몸을 부들부들 떨고 그러죠?"

수의사는 입꼬리를 위로 올리며 피식 웃었다. 모든 것을 알고 있다는 듯이.

"지금 환경이 중요해요. 하루 종일 같이 있어 주면 좋겠지만 사정상 출근할 때도 혼자 심심하지 않게 장난감이나 캣타워 같은 것을 준비해 주세요."

수의사는 필요한 용품을 비닐백에 넣고 있었다.

"너무 신경 쓰지 마세요. 금방 좋아져요. 그냥 동물일 뿐이에요. 요즘 사람들은 너무 동물을 사람처럼 대하는 게 문제죠."

수의사는 눈가에 얇은 주름을 지으며 웃었다.

"짐이 너무 많은데, 집이 어디죠?"

양이 예상을 초과했다. M은 난처한 표정을 지었다. 그 모습을 보고 나서 잠깐 진료실로 들어갔던 수의사는 동료에게 뭔가 얘기를 하더니 밖으로 나왔다. 그리고 두 손에 비닐백을 움켜쥐었다.

"환경이 중요하죠?"

병든 동물에겐 환경이 중요하다는 사실이 처음 보는 젊은 남자의 예상 밖 친절이 주는 부담에서 M의 마음을 가볍게 했다.

"갑자기 환경이 바뀌면 더 그래요."

수의사는 그녀의 원룸을 들어서며 또 말했다. 그는 M의 원룸에 그럴듯한 이유를 가지고 들어온 남자가 되었다. 그는 구석에서 일어선 채 캣타워를 조립하고, M은 타라미를 방바닥에 내려놓고 스크레처와 잠자리 쿠션을 정리하고 있었다.

M의 가슴골 사이를 내리 쪼는 강한 눈길이 느껴졌다. 뜨겁고 끈적한 용액이 가슴에서 내려와 허리와 엉덩이로 기어들어오는 것 같았다. M은 얼른 스웨터를 엉덩이 쪽으로 당겨 내렸다. 그리고 앉은 채로 눈을 치뜨다가, 수의사와 눈길이 마주쳤다. 곁눈질하던 그는 눈길을 황급히 정면으로 바꿨다. 어지럽게 겉돌던 그의 손길이 그제야 빠르게 캣타워 조립 과정으로 복귀했다.

좀체 잠이 오지 않았다. 잠이 들기 직전 머릿속을 파고드는 몽롱함과 아득함을 언제 느껴 보았는지 기억도 나지 않았다. M은 침대 옆 충전기에 꽂혀 깜박이는 핸드폰을 들어 올렸다. 메일함의 확인하지 않은 메일의 양은 이미 한계를 넘어가고 있었다. 읽은 것과 달리 굵은 크기의 문자를 품고 있는 것들이 뒤섞여 있었다. 전화기의 스팸 차단 번호함을 보았다. 번호 중 익숙한 번호가 몇 개 있었다. 아빠나 전 남친 그리고 업무상 관계가 뒤틀린 지인들의 것이었다.

엄마가 죽은 지 2개월도 안 되어 아빠는 재혼할 여자를 M에게 소개했다.

"네 엄마도 내가 혼자 살길 바라지 않았어."

이제 오십 대 중반이 된 남자는 의기양양하게 말했다. 하지만 확인할 방법은 없었다. M은 차라리 어떤 텔레비전 프로에서 가상현실로 죽은 아들을 불러내어 엄마와 대면을 시키듯, 자기 엄마 앞에서 물어보고 싶었다. 죽은 아들은 자신은 잘 있노라고 말했고 그의 엄마는 정말 그 말을 믿기라도 하듯 격하게 흐느꼈다.

M은 엄마를 불러낸다 해도 사실 여부를 차마 물어보지 못할 것 같았다. 그건 마치 혼자서 단단한 벽에 대고 뭔가를 웅얼거리는 것 같은 기분을 주었다. M은 재혼한다는 오십 대 남자를 아무 말 없이 바라보았다.

"너도 알다시피 남자는 여자와 달라서 혼자 살기 힘들지 않니? 혼자 사는 남자는 오래 살기도 힘든 법이란다."

자기 아내가 죽은 후, 2달 만에 새 여자를 데리고 오는 이유치곤 너무 빈약하다는 생각이 들었다. 더구나 그 속에 숨겨진 차별적인 느낌을 도저히 받아들일 수 없었다.

"사람은 가정이 있어야 하는 거야. 여자는 아이를 키우고 남자는 가정을 돌보고 말이야. 너 회사는 잘 다니고 있지?"

그는 지금 자신이 불리한 상황에 있다는 것을 인지한 듯 급히 화제를 돌렸다.

"직업은 말이야. 사람의 인격을 함양하고 삶에 목적을 부여하는 거야. 그래서 사람은 살아있는 한, 최선을 다해 일을 해야 하는 거야."

그는 일상에 찌든 늙은 교사처럼 말했다. 그 순간 그에게서 왜 팀장의 얼굴이 겹쳐 보였는지는 이해하기 힘든 일이었다.

"먹고살려면 어쩌겠어요."

M은 체념하듯 말했다.

"요즘 젊은 것들은 약해 빠져서 큰일이야. 힘든 일은 안 하려고 하지. 우리 때는 정말 이것저것 따지지 않고 열심히 일했어. 돈이 문제가 아니야. 사람은 항상 최선을 다해서 살아야 하는 거야!"

"…"

"너 오빠하곤 아직 연락도 안 되지? 쓰레기 같은 놈!"

M은 아빠의 모든 것에 진저리를 치며 집을 나가 버린 오빠를 생각했다.

"존재 자체가 폭력이야."

오빠는 떠나기 전, M에게 마지막으로 말했다. M은 아빠의 존재가 폭력인지, 오빠 자신이 그런지 물어보지 않았다. 그 질문을 하는 순간, 정말 모든 것이 끝나 버릴 것 같은 공포가 몰려왔기 때문이었다.

술에 취한 아빠가 또 가구를 부수고 순서가 도래한 것처럼 엄마에게 폭력을 행사할 때, 여자는 항상 두려움에 몸부림치며 다락방으로 숨어들었다. 다락방 깊은 곳에서 바들바들 떨고 있는 시간이 길어지면 이번에는 아빠와 오빠가 뒤엉길 것이다. 다락방 문틈으로 언뜻언뜻 보이는 아빠의 등판은 불에 덴 것처럼 벌겋다. 그가 휘두르는 주먹에 격렬히 맞서는 오빠의 몸짓도 언뜻언뜻 보였다. 여자는 단단한 그릇 속에 그들의 몸짓과 그 순간의 시간을 모두 봉인하고 영원히 땅속에 묻어 버리고 싶었다.

M은 더 이상 오십 대 남자의 목소리를 듣고 싶지 않았다. 그의 전화 수신 여부를 차단했다. 기름기 가득한 얼굴이 수면 아래로 기어들어갔다.

오십 대의 남자가 차단함으로 들어가자, 기다렸다는 듯 이십 대 후반의 남자가 그 자리를 차고 들어왔다. 타라미의 분리불안 증세를 핑계로 알아낸 전화번호를 통해 수의사는 수시로 링크를 보내왔다. 대부분 분리불안 시 나타나는 고양이의 행동이나 대처법 등의 흔하디흔한 내용이었다. M은 처음에는 가벼운 사의를 표했다. 하지만 점점 더 범위를 확대해가는 그의 시도에 시큰둥하게 반응했다.

- 달빛 블루스의 곡. 고양이 왈츠 같은 거 말이에요.

그가 문자로 알려 준 곡이 아닌 템포가 약간 느린 다른 것을 틀어 놓고 출근했다. 타라미의 증세가 호전된 것도 있지만 그가 알려 준 곡이 혼자 있는 시간 동안 별 도움이 되지 않을 것 같아서였다. 단순한 이유였다.

- 전 핼러윈 왈츠를 좋아하지만요.

물어보지 않은 것까지 불쑥 던졌다. 조금씩 개인적인 영역으로 범위를 넓혀가기 위한 나름의 방식인 것 같았지만 특별한 반응을 하지는 않았다. 예를 들면 '아. 그러세요?'라든가 '좋은 음악 취미를 갖고 계시군요.' 등등 예상할 수 있는 반응을 유도하는 그런 것들.

그는 어릴 적 부모가 모두 돌아가셨다고 했다. 예민한 개인적인 사항인데 오히려 진실이 드러나면 안 되는 것처럼 허겁지겁 M에게 말했다. 다음은 그가 맡겨진 삼촌의 무관심이나 방치가 따라올지도 모른다. 가정이라는 울타리가 허물어진 남자에게 일어날 가능성 있는 상황을 쉽게 상상하는 자신이 놀랍게 느껴졌다. 그가 학교에서 왕따를 당하고 열등감과 패배감, 외로움의 늪에 빠지는 것은 어떤가?

가정에서 결핍된 젊은 남자는 여자에겐 다루기 쉬우면서도 위험한 상대가 될 수 있다는 것을 책에서 읽은 적이 있었다. 이런 종류의 남자는 그럴듯한 추임새를 섞어 얘기를 들어 주는 것만으로도 쉽게 마음을 끌 수가 있다고 저자는 말하고 있었다. 타라미 예방접종이나 사료 구매 차 들른 병원에서 수의사는 서투른 연기자처럼 이런저런 이야기를 해댔다. 그건 자신을 봐달라고 떼를 쓰는 어린아이와 같았다. 그럴 때마다 M은 그의 이야기를 들어 줄 뿐이었다. 저자가 말한 효과가 빠르게 나타나고 있었다. 수의사는 끈질기게 M에게 달라붙기를 시도하고 있었다.

그러나 그럴수록 조금이나마 남아 있던 M의 관심은 빠르게 식어 갔다. 처음이 가져다주는 새로움과 동정에 기초한 일시적 감정일 뿐이라는 생각이 들었기 때문이었다. 더더구나 그런 일방적인 형태로 타자와 얽히는 것도 싫었다.

수의사는 자신이 이미 선을 넘어서는 것을 눈치채지 못하는 것 같았다. 시간이 흐르면서 서서히 데워지는 물처럼 그는 점점 더 비등점을 향해서 달리기 시작했다. 링크나 톡의 숫자가 일상을 방해할 정도로 넘쳐나기 시작했다. 종류도 다양해져 DM이나 동종의 메신저로 영역을 넓혀갔다.

그는 중독성 환자처럼 M에게 연결되지 않고는 견디지 못할 정도였다. 분리 단계를 받아들이지 못하는 상황 부적응자였다. 책의 저자가 말한 위험이었다. 톤 낮고 친절한 목소리로 이제 그만하라고 해보고 조곤조곤한 설득 조로 메시지를 보냈으나 소용없었다. 나름의 노력을 했으나 그것은 그의 내성을 점점 강하게 만들고 조급함을 자극할 뿐이었다.

급기야 M은 자신이 그에게는 어울릴 수준이 안 되는 여자라는 맘에 없는 말까지 해야 했다. 다음 단계로 사실 그가 자신의 타입도 아니고 근래 새로운 남자가 생겼다는 거짓말도 했다. 이렇게라도 해야 할 것 같았고 이미 정해진 순서 중 한 단계라는 생각도 들었다. 하지만 이런 단계를 밟는 것이 효과가 있을 줄 알았으나 결과는 그 반대였다. 여전히 그는 강한 점성으로 그녀 주위에 달라붙어 있었다.

"팽 당했네. 미친개처럼 날뛰더니."

팀장에 대한 인사 조처가 게시되었다. 권고사직이라는 단어가 사유 항목에 뚜렷이 찍혀 있었다. 더 이상의 이유는 없었다. 그 단어 안에 숨겨져 있는 진실이 무엇인지 아무도 알려고도 하지 않았다. 그 하나의 단어가 모든 것을 함축하고 있었다. 사람들은 다들 한마디씩 했다. 그러나 그 어디에도 팀장에 대한 호의적인 분위기는 없었다. 이미 이쪽이 아닌 것으로 분류된 그녀의 불행을 모두 고소해했고 이름을 들먹이는 자체를 벌레 보듯 거부했다. 그녀는 이제 미친개이자 벌레와 동일시되고 있었다.

"저 친구 문제가 많지?"

사장의 입에서 나온 팀장 관련 말이었다. M은 사장의 입을 빤히 쳐다보았다. 팀장의 쓰임새가 다했다고 하다면, 그건 사장에겐 변화가 필요한 단계가 되었을 뿐이라는 생각이 들었다. 또 다른 희생물이 그에게 필요하게 된 것이다.

M 자신도 이제 다른 사람들과 같은 덩어리 속에서 팀장을 벌레로 만들어야 할 순간이 왔음을. 그것이 세상을 살아가는 요령이라고. 그럴 수밖에 없는 거라고 자신을 타이르고 있었다. 그리고 그녀가 자신보다 한 살 어린, 자기처럼 아직 세상물정에 서투른, 그래서 세상에 이용을 당하기 쉬운 젊은 여자일 뿐이라는 생각도 들었다.

이제 누가 벌레와 미친개가 될 차례인가?

회사는 강제적인 구조조정을 멈출 생각이 없을 것이다. 팀장은 퇴사하지 않고 법적 투쟁을 할 수도 있을 것이다. 법 외적인 프로세스를 밟을 수도 있고. 그 과정은 매우 지루하고 고통스러울 것이고 하루하루의 생활 현장에서 그것을 받아내야 한다는 의미였다.

- 뭐 해? 이 시간이면 퇴근하고 샤워까지 마칠 시간인데?

카카오톡과 인스타를 차단하자, 문자 메시지가 날아왔다. 수의사의 끈질김이 놀라웠다. 그는 점점 더 혼돈 속으로 빠져들어 가고 있었다. 지금 같은 금요일 저녁이면 당연히 기다리고 있어야 하는 것 아닌가 하고 말하는 것 같았다.

- 타라미는 많이 좋아졌던데?

메시지가 이어졌다. 소름이 돋았다. 당장 무엇이라도 들고 후려치고 싶었다. 아니 지금 후려치면 그의 페이스에 말려들어 가는 것인지도 모른다.

- 이젠 스토킹까지?

망설이다, 기어코 참지 못했다. 핸드폰 화면이 바뀌자 금방 후회가 밀려오기 시작했다. 계속 이러면 경찰에 신고할 거라는 협박조의 문장을 완성하고 그의 답장을 기다렸다. 하지만 반응이 없었다. 평상시 같으면 답변이 오고 남을 시간이 지나가고 있었다. M은 침대에서 일어나 몇 발짝 걸어간 다음 원룸 방문 손잡이를 밀었다. 열린 틈 사이로 얼굴만 내밀었다. 복도는 조용했다. 얼굴을 방안으로 다시 넣고 문을 힘차게 당겼다. 그리고 이중 걸쇠를 당겨 고리에 걸었다. 비밀번호를 바꾼 기억이 가물 가물거렸다.

- 우연히. 점점 새끼 호랑이 같던데. 하긴 호랑이도 고양잇과니까.

답장이 와 있었다. 우연이라니? 뒤로 몸을 돌리자 열린 창문이 눈에 들어왔다. 창문을 내다보면 저 아래 그가 웃으며 올려다보고 있을 것 같았다. 손만 위로 뻗어 창문을 힘겹게 닫았다. 그 소리에 타라미가 침대 위에서 자다가 화들짝 얼굴을 들었다.

타라미는 이제 이불에 오줌을 싸지 않았다. 그리고 M에게 달라붙어 있는 강도가 훨씬 약해졌다. 아침에는 자기 집에서 나와 침대 위로 뛰어오르고 손등을 핥으며 M을 깨우기도 했다.

"잘 놀았어?"

저녁에 집에 들어오면 마치 하루의 일과를 묻는 듯한 눈빛으로 그녀를 바라봤다. 피곤한 몸을 누이면 타라미는 그녀의 옆으로 다가와 여전히 까칠한 몸통을 M의 가슴에 기대곤 했다.

이제 도망가지 않을 거야. 다락방으로.

타라미의 얼굴 위 동백꽃 문신도 눈에 띌 정도로 옅어져 있었다. 녀석은 마치 친구에게 하는 것처럼 노란 눈동자를 깜박이며 그녀를 쳐다봤다.

지방으로 원룸을 얻으러 간 동료에게서 문자가 왔다.

- 팀장이 119에 실려 병원으로 갔대.

그녀의 재잘거리는 입술이 M의 눈앞에 보이는 것 같았다. 저녁 뉴스가 시작될 때, 동료의 문자 중계가 계속되고 있었다. 팀장은 마지막에 어떤 방법을 선택했을까? 궁금증이 밀고 올라왔다. 그녀는 그때 어떤 옷을 입고 있었는지. 립스틱은 어떤 제품의 것으로 했는지, 왜 그런 선택지를 정답으로 받아들였는지 물어보고 싶었다.

연갈색 실크 블라우스와 짧은 체크무늬 치마가 그녀에게 어울릴지도 몰라.

타라미는 이제 동네 친구들과 어울려 다니기 시작했다. 때로는 새벽녘까지 몰려다녔다. 여기저기서 아기 울음소리와 똑같은 주파수대로 소리를 내기도 했다. 주말이라 마트에 들러 조금 늦게 집에 들어왔을 때, 방안에는 보이지 않았다. 그래도 M이 아침에 일어나면 어김없이 들어와 곤히 잠에 빠져 있었다. 아직 털이 얼마 올라오지 않아 온몸을 뒤덮은 동백 문신은 여전했지만, 처음처럼 비극적이지는 않았다. 당연히 그래야 한다는 생각이 들었지만, 한편으로는 익숙해진 탓이라고도 생각했다. 어느덧 그 모습을 무덤덤하게 일상으로 받아들이는 자신에게 낯선 타인이 느껴졌다.

이제는 내가 나를 길들이고 있잖아? 그저 한 마리의 동물일 뿐이라고?

머리가 하얗게 변해 가는 것 같았다. 이마에 주름이 늘어났을지도 모른다고 생각하며 손바닥을 이마에 대 보았다. 팽팽한 피부의 느낌이 매끄러웠다.

아이가 우는 듯한 소리가 바깥에서 들려왔다. ChatGPT는 고양이의 그 소리가 황홀함과 쾌락에 젖은 상태라고 알려 주었다. 새로운 엔진으로 업그레이드되었다는 요란한 광고를 보았지만, 내놓는 답변은 이전 것과 비슷했다.

성교를 하면서 내는 소리일 가능성에 대해 언급한 부분이 언뜻 보였다. 이번에도 ChatGPT는 몇 개의 항목으로 분류하여 친절하게 알려 주었다. M은 타라미가 다른 고양이와 성교하는 장면을 머릿속으로 상상해 보았지만, 곧 머리를 흔들었다. 온몸에 동백 문신을 하고 수컷과 뒤엉겨 있는 모습을 상상할 수 없었다.

하지만 그것도 그녀의 선택이라는 생각이 이내 머릿속에 가득 찼다. M은 온몸이 하얀 털로 가득 덮인 타라미가 매력적인 모습으로 페르시아식 황금빛 소파 위에 앉아 있는 모습을 상상하기 시작했다.

고통스러운 소리를 들은 건 새벽쯤이었다. 깊고 속을 후려 파는 듯한 소리였다. M이 뒤척이다 겨우 잠이든 새벽쯤이었다. 어둑한 창 문 아래, 방 모퉁이에서 그 소리는 침대 위로 가만히 기어오르고 있 었다.

방 모퉁이에 타라미가 누워 있었다. 어둠 속에서도 분명 몸 둘레 가 인식되었다. 눈을 뜨고 그곳을 바라보자, 눈꺼풀 아래서 모래가 저벅거리며 밀려 나오는 것 같았다. 타라미는 바닥에 온몸을 축 늘어 뜨렸다.

M은 급히 침대에서 몸을 일으켜 세웠다. 무릎을 꿇고 천천히 다가 갔다. 동백꽃이 심하게 일그러졌다. 꽃잎이 안으로 오므라졌다 다시 원래의 모습으로 돌아가기를 반복하고 있었다. 고통 속에서 아랫배 를 힘겹게 헐떡이고 있었다. M이 앞다리를 잡고 힘을 주었지만, 반 응이 없었다. 타라미는 그저 방 건너편을 힘없이 바라만 봤다.

M이 옷장 문을 급하게 열었다. M이 아직 결심하지 못한 선택지가 그곳에 있었다. 그것이 M에게 으르렁거리며 다그치는 것 같았다. 짙 은 갈색 상표를 붙인 농약병이었다.

이번에는 욕실에 매어 둔 매듭을 확인했다. 밧줄은 어둠 속에서도 아가리를 벌리고 허공에서 고함을 지르고 있었다. 팀장의 얼굴이 아 가리 속에서 맴돌았다.

M이 타라미를 이동 가방에 넣고 허겁지겁 원룸을 나섰으나 아직 거리는 캄캄했다. 가로등 몇 개만이 깜빡거리며 겨우 길의 모양을 내

어 주었다. 숨을 몰아쉬며 병원 로비에 도착하자, 안에서 인기척이 났다. 아마 당직을 서고 있는 사람의 것이라 짐작되었다.

"약을 먹었습니다."

미친 듯 문자폭탄을 날리던 수의사가 어색하게 웃으며 단정적으로 말했다. M에게 단정한 존댓말을 하는 그가 불편하게 자연스러웠다. 그는 진료대에 타라미를 눕혔다. 타라미는 가쁜 숨을 몰아쉬고 있었다. 수의사는 눈빛으로 진료실에 계속 있을 거냐고 물었고, M은 쫓겨나듯 밖으로 나왔다.

동물병원 유리창 너머로 어렴풋이 여명이 밝아오고 있었다. 캄캄한 구름 아래로 빗방울이 뚝뚝 떨어지기 시작했다. 도로 가장자리로 물이 흥건히 고이고 그 위로 빗물이 작은 동그라미를 그렸다. 건너편 찻길을 달리는 승용차로부터 나오는 불빛이 동그라미 위에서 흔들거렸다. 도로 가에는 내부가 캄캄한 식당과 2층 수학학원이 웅크리고 있었다.

"마지막…."

이번에는 말끝을 허물어뜨리고 있었다. 진료대는 불빛 아래 차가운 은색 빛을 반사하고 있었다. 타라미는 움직이지 않았다. M의 손아귀에 들어온 발도 차가웠다. 꾸덕꾸덕하게 뭉쳐진 머리털을 쓰다듬을 때마다 옆으로 밀려나는 눈꺼풀 아래로 까만 눈동자만 보일 뿐이었다. 이미 퍼져버린 동공은 오히려 더 짙은 암흑의 바다처럼 깊이를 알 수 없었다.

"미안해…. 미안해…."

M의 눈에서 나온 액체가 은색의 바닥에 뚝뚝 떨어졌다. M이 타라미의 몸을 머리부터 쓰다듬고 내려갔다. M의 손이 꼬리 즈음에 다다랐을 때, 다리 사이에서 끈적한 체액이 바깥으로 밀려 나오기 시작했다. 점액이 강한 것이었다. M이 건너편 탁자 위에 있는 휴지를 뽑아 끈적한 것을 닦아 냈다. 하지만 그것은 멈추지 않고 계속해서 밀려 나왔다. 열린 항문을 뚫고 천천히 밀려 나오고 있었다. M은 휴지로 그것을 조심스레 닦아내었고, 그럴 때마다 항문은 점점 더 넓게 열려 큰 나사못 굵기 정도가 되어 있었다. 그 사이 M은 계속해서 미안해 미안해하며 되뇌었다.

"여기."

수의사 목소리였다. 빳빳한 재질의 하얀 종이상자가 M의 시야 오른쪽에서 천천히 밀려 들어왔다. 뚜껑이 열린 종이상자 안에는 짙은 노란색의 헝겊이 두껍게 깔려 있었다. M이 상자 안에 타라미를 직접 넣겠느냐는 제안 같았다.

M이 흠칫거리며 수의사의 얼굴을 올려다보았다. 그러나 이내 원래의 곳으로 천천히 눈길을 복귀시켰다. 그의 얼굴에서 시작된 M의 복귀 시선이 중간쯤을 지날 때, 그녀는 수의사의 맨살이 드러난 팔뚝을 보았다. 그는 비상 처치를 하느라 두 팔의 셔츠를 팔꿈치 위로 걷어 올리고 있었다. 파란 핏줄이 선명하게 드러난 새하얀 팔뚝이었다.

맨살이 드러난 그의 양쪽 팔뚝엔 붉은 동백꽃 문신이 뱀처럼 휘감겨 있었다. 그리고 줄기는 보이지는 않지만, 어깨 쪽으로 명백히 뻗어 있을 터였다. 꽃의 뿌리는 가슴과 등 전체에 튼튼하게 박혀 있을 것으로 어렵지 않게 상상되었다.

종이상자를 들었다. 병원 여닫이문이 열리지 않아 몇 번을 덜컹거렸다. 따라 나온 수의사가 씩 웃으며 문손잡이를 시계방향으로 돌렸다. 손잡이를 잡은 그의 새하얀 팔뚝 안쪽으로 휘감겨 있는 동백꽃 문신 속에서 파란 핏줄이 펄떡거렸다.

핏줄을 타고 흐르는 붉은 피가 킬킬거리며 M을 도발하는 것 같았다, M은 상자를 감싸안고 있는 팔로 수의사를 강하게 밀쳤다. 휘청거리며 벽 쪽으로 밀린 그는 놀란 표정으로 벽에 몸을 기대고 있었지만, 입가에는 웃음기를 여전히 머금고 있었다.

개새끼!

M은 소리쳤다고 생각했지만, 완전히 확신할 수는 없었다. M은 오른손에 잔뜩 힘을 주었다. 그리고 이를 앙다물고 사정없이 그의 뺨을 후려쳤다.

짝!

급작스러운 M의 공격에 수의사는 뒤로 넘어진 채 멍한 얼굴로 M을 올려다보았다.

M이 급하게 병원 문을 나서자, 택시 한 대가 날카로운 경적을 울리면서 지나갔다. 종이상자 위로 빗방울이 후두둑하고 떨어졌다. 그래도 M은 한쪽 손에 쥐어진 우산을 펼칠 생각을 못 하고 있었다.

- 팀장이 지금 깨어났대.

열린 핸드폰 바닥엔 어젯밤 늦은 시간이 찍혀 있는 동료의 문자가 보였다. M은 핸드폰을 접고 도로 위를 몇 발짝 걷기 시작했다. 그러나 얼마 못 가 또 다른 문이 그녀의 앞을 가로막았다. 캄캄한 색이었다. M은 흠칫 놀라며 뒤로 몇 걸음 물러났다. 그리곤 결심한 듯, 곧장 앞으로 달려가 오른쪽 발로 내질렀다. 빠르게 M은 캄캄한 뒤로부터 빠져나왔다.

"정인아…. 정인아…."

오랜만에 불러보는 팀장의 이름이었다.

지금 차가운 침대에 누워 있을 팀장은 사라지고 처음 우리가 사무실에서 만났던, 햇볕이 강하게 내리쪼이던 그날의 정인이가 M의 앞에 나타났다. 그날 정인이는 초등학교 여자애처럼 뒤로 잡아맨 꽁지머리에 가벼운 운동화를 신고 있었다. 자신처럼 여리고 그래서 아주 어설픈 젊은 여자가 거기 있었다.

받쳐 든 하얀 종이상자에 말랑말랑한 온기가 돌기 시작했고 바닥에서 시작된 온기가 다른 부분으로 서서히 퍼져나가고 있었다.

이제 M은 자신의 원룸을 향해 조금씩 조금씩 나아가기 시작했다.

끝.

작가의 말

일상 속, 우연히 마주한 낯선 순간들이 삶의 균열을 만들어냅니다.
시카고 출장 중 파란 슬리퍼와 함께 겪는 아찔한 밤, 벚꽃이 흩날리는 계절 속 운명적 인연, 구조적 한계 상황 아래 짓눌리며 살아가는 사람들의 모습들.
현대인의 불안과 희망을 섬세하게 포착하여, 누구나 공감할 수 있는 이야기들을 여기에 엮었습니다.
평범한 삶의 틈새에서 드러나는 감정의 파편들은 잊고 있던 자신의 모습을 보게 하고, 어디선가 본 듯하면서도 낯선 이야기 속에서 새로운 통찰과 위로를 찾을 수 있을 것입니다.

소설을 쓴다는 것은 저를 포함한 세상 사람들의 살아가는 모습을 크고 또 깊게 살펴보는 것이라 생각합니다.
그래서 두런두런 살아가는 그들의 이야기를 펼칠 수 있다는 것이 저에게는 매우 의미 있는 일 중의 하나입니다.

더 나아가, 좋은 소설을 쓰고자 하는 노력이 좋은 삶을 살아내고자 하는 마음으로 이어졌으면 좋겠습니다.

그러기 위해, 앞으로도 계속해서 세상 이야기에 귀 기울이며 깊게 살펴볼 것입니다.

항상 곁에서 응원해 주는 가족과 친구들께 그리고 언제나 나의 삶을 이끄시는 하나님께 이 지면을 빌려 감사 인사를 드립니다.

2024년 12월

소설 쓰는 송원섭

ⓒ 송원섭, 2025

초판 1쇄 발행 2025년 3월 14일

지은이   송원섭
펴낸이   이기봉
편집   좋은땅 편집팀
펴낸곳   도서출판 좋은땅
주소   서울특별시 마포구 양화로12길 26 지월드빌딩 (서교동 395-7)
전화   02)374-8616~7
팩스   02)374-8614
이메일   gworldbook@naver.com
홈페이지   www.g-world.co.kr

ISBN   979-11-388-4065-1 (03810)